왜 음악 공부 안 하면 안 되나요?

왜 음악 공부 안 하면 안 되나요?

1판 1쇄 펴냄 2015년 4월 8일

지은이 김아로미
그린이 안경희
편집 박경화, 최민경, 황설경, 유나리
마케팅 송만석, 한아름

펴낸이 하진석
펴낸곳 참돌어린이

주소 서울시 마포구 독막로 15길 3-13
전화 02-518-3919
팩스 0505-318-3919
이메일 book@charmdol.com
신고번호 제313-2011-157호
신고일자 2011년 5월 30일

ISBN 979-11-5828-006-2 64800

왜 음악 공부 안하면 안 되나요?

김아로미 지음 • 안경희 그림
황병훈(경인교육대학교 음악교육과 교수) 감수

참돌어린이

'공부'란 무언가를 열심히 배우고 익힌다는 뜻을 지닌 말이에요. 그래서 어렵고 재미없는 것이라는 편견이 있지요. 하지만 국어, 영어, 수학과 같이 열심히 머리를 써서 원리를 이해하고 공식이나 단어를 외워야 하는 이론 수업과 달리, 음악이나 미술, 체육과 같은 예체능 수업은 자유롭고 활동적인 분위기에서 재미있게 수업 자체를 즐길 수 있답니다. 그래서 이론 수업에서는 잘 쓰지 않는 다른 감각을 이용해 많은 능력을 배울 수 있지요.

음악, 미술, 체육 등의 예체능 과목은 자신감과 표현력, 예술성 등을 길러 주고, 신체의 운동 능력을 키워 주는 과목이에요. 그중에서도 음악 공부는 아름다운 음악을 감상하는 법, 다양한 악기를 연주하는 법 등등의 학습 방법을 통해 우리의 감성을 풍부하게 발달시켜 주지요. 또한 여러 감정을 다양하게 표현하는 능력, 다른 사람과 쉽게 소통하고 공감하는 능력, 집중력 등을 함께 성장시켜 준답니다.

무엇보다 음악을 즐기는 동안 더 나은 모습으로 훌쩍 성장한 자신의 모습을 발견할 수 있어요. 책상에 앉아 어려운 문제집을 푸는 것이 아니라 악기를 연주하거나 노래를 부르며 신나게 즐기면서 새롭고 귀중한 것을 자연스럽게 배우고 익히게 되는 거예요.

주의가 산만한 아이에게는 집중력을, 자신감이 부족한 아이에게는 용기를, 이기적인 아이에게는 협동심을, 쉽게 포기하던 아이에게는 끈기를 알려 주는 음악 공부를 지금부터 시작해 보세요. 음악 공부를 하면서 배움의 기쁨을 새로이 느낄 수 있을 테니까요. 음악 공부를 즐기다 보면 어느덧 몸과 마음이 훌쩍 성장해 있을 거예요.

파릇하게 돋아날 새싹을 기다리며

황병훈

차례

부록 엄마 아빠가 읽어요

PART 1

왜 음악 공부
안 하면 안 되나요?

자신감을
기를 수 있어요

오늘은 현선이가 그토록 걱정했던 장기 자랑 시간이 있는 날이에요. 장기 자랑 시간은 반 친구들이 한 달에 한 번씩 차례를 돌아가며 자신의 장기를 보여 주는 시간이에요. 지난 장기 자랑 때에는 평소 말이 적고 얌전한 현우가 멋진 춤 실력을 보여 줘서 인기가 대단했지요. 하지만 현선이는 자신의 차례가 돌아오지 않기를 간절히 바라고 있었어요.

'제발 내 차례가 오기 전에 장기 자랑 시간이 끝나야 할 텐데…….'

평소 현선이는 수줍음을 타는 소심한 성격 탓에 남들 앞에 나서는 일이 없었어요. 수업 시간에도 선생님께서 질문하시면 모기 소리만큼 작은 목소리로 웅얼거릴 뿐 똑똑하게 대답하지 못했지요. 특히나 많은 사람의 주목을 받을 때에는 얼굴이 빨갛게 달아오르고 다리가 후들후들 떨려서 책상 밑으로라도 숨어 버리고 싶었어요. 한 명도 빠짐없이 참가해야 한다는 선생님의 말씀이 아니었다면 어떤 핑계를 대서라도 친구들 앞에 서는 것을 피했을 거예요.

　'내가 잘할 수 있는 게 뭐가 있을까?'

　장기 자랑으로 무엇을 할지 한참을 고민했던 현선이가 선택한 것은 바로 피아노 연주였어요. 다른 친구들처럼 유명한 개그맨의 흉내를 내거나 춤추고 노래를 부르는 것보다는 훨씬 덜 떨릴 것 같았거든요. 긴장하면 덜덜 떨리는 목소리와는 달리 피아노는 연습한 대로 실수 없이 건반을 누르기만 하면 맑은 소리가 울리니까 말이에요.

　"자, 이번에는 현선이의 차례예요. 현선이가 친구들을 위해 아름다운 피아노 연주를 들려준다고 하네요."

　두 볼이 뜨거워진 현선이는 조심스럽게 피아노 앞에 앉았어요. 너무 긴장한 나머지 머릿속이 새하얘지는 것 같았어요. 조금 전에 다짐한 용기는 어디로 사라졌는지 손끝이 바들바들 떨렸지요.

그때 어젯밤에 있었던 일이 떠올랐어요. 피아노 앞에서 현선이가 걱정스런 마음에 한숨을 쉬고 있자, 엄마가 이렇게 말씀하셨어요.

"한 음 한 음 예뻐해 주는 마음으로 피아노를 연주하렴. 예쁜 음을 내기 위해 집중하다 보면 두려움이 모두 사라지고, 아름다운 연주를 할 수 있는 자신감이 생길 거야."

"음에 집중하면 저도 떨지 않고 예쁜 음을 낼 수 있을까요?"

현선이의 말에 엄마는 활짝 웃으며 고개를 끄덕이셨어요.

"그럼! 네가 연주하는 아름다운 소리가 엄마에게는 벌써 들리는걸?"

엄마의 말씀을 떠올리며 현선이는 건반 위에 손가락을 올려 천천

히 피아노 연주를 시작했어요. 다른 사람 앞에만 서면 목소리가 떨리는 현선이지만 지금 연주하는 피아노에서는 분명하고 예쁜 소리만 울렸어요. 조금 전까지 왁자지껄 떠들던 친구들이 현선이의 피아노 연주에 하나둘 귀를 기울이기 시작했어요. 현선이의 손끝에서 시작된 자신감이 그만큼 예쁜 음을 만들어 냈거든요.

얼마 후, 연주를 마친 현선이에게 박수가 쏟아졌어요. 선생님도 엄지손가락을 척 세우며 현선이를 아낌없이 칭찬해 주셨지요.

"와, 정말 최고야! 어쩜 그렇게 예쁜 소리를 낼 수 있어?"

현선이가 자리에 돌아와 앉자, 짝꿍 서이는 현선이의 손을 잡고 살펴보며 말했어요.

"고, 고마워."

갑작스런 칭찬에 당황했지만 현선이는 기쁜 마음을 숨길 수가 없었어요. 수줍게 달아오른 얼굴에 작은 웃음이 그려졌지요.

"현선아! 방금 연주한 그 곡, 나도 가르쳐 줄 수 있어?"

"응, 가르쳐 줄게!"

서이의 물음에 현선이가 고개를 끄덕이며 대답했어요. 그때 선생님이 다가오셔서 현선이의 머리를 쓰다듬어 주시며 말씀하셨어요.

"서이뿐만 아니라 다른 친구들도 현선이처럼 멋진 연주 실력을 가지고 싶을걸? 앞으로 현선이가 음악 부장을 맡아 친구들을 도와주면 어떨까?"

선생님의 갑작스러운 말씀에 현선이는 깜짝 놀랐어요.

"제가요?"

선생님의 말씀에 친구들이 함께 박수를 치며 "음악 부장 강현선!"을 외쳤어요. 쑥스러워 실내화 앞코를 바닥에 톡톡 두드리면서도 현선이는 전처럼 숨어 버리고 싶다거나 친구들에게 주목받는 것이 싫지 않았어요. 긴장감에 절로 움츠러들었던 어깨가 펴지며 마음속이 따뜻해지는 것 같았답니다.

자신감이 중요하다는 말을 모두 한 번쯤은 들어 보았을 거예요. 자신감이란 어떤 일을 해낼 수 있다는 스스로에 대한 믿음을 말해요. 다른 사람 앞에서 용기 있게 나서는 것도 자신감이 있어야 가능한 일이고요. 그래서 발명가 에디슨은 '자신감이란 성공의 첫 번째 비결이

다.'라는 말을 남기기도 했어요.

에디슨의 말처럼 자신감이 있는 사람은 어려운 도전 앞에서도 주저하지 않고 용기 있게 모험을 시작해요. 만약 실패를 해도 포기하지 않고 끝까지 노력해서 마침내 성공을 하게 되지요.

자신감은 인생에 영향을 줄 만한 큰일에 있어 반드시 필요할 뿐만 아니라 일상생활 속에서도 매 순간 필요해요. 처음 보는 친구들 앞에서 자기소개를 하거나 수업 시간에 선생님의 질문에 답할 때에도 자신감이 필요한 것처럼 말이에요.

그래서 자신감이 부족한 사람은 많은 순간 어려움을 겪을 수밖에 없어요. 다른 사람 앞에서 능력을 펼쳐 보일 용기가 나지 않는 것은 물론이고, 의사소통도 쉽지 않거든요. 사람들 앞에만 서면 목소리가 작아지거나 염소 울음소리처럼 떨릴 테니 말이에요.

이렇게 자신감이 부족한 친구들에게 음악 공부를 권하고 싶어요. 아무리 자신감이 없는 사람도 음악으로는 자신의 생각과 감정을 보다 쉽게 표현할 수 있거든요.

음악은 사람들을 소통하게 하는 힘이 있어요. 신나는 음악이 흘러

나오면 듣는 사람들 모두 절로 기분이 좋아지는 반면, 슬픈 음악을 들을 때에는 왠지 기분이 울적해지는 것도 같은 이유예요.

음악 작품을 표현하는 연주자와 그것에 조용히 귀 기울이는 관객은 아름다운 선율로 이어지게 되지요. 선율은 가락이라고도 하는데 소리의 높낮이가 리듬과 만나 생기는 음의 흐름을 말해요. 이처럼 연주하는 사람과 듣는 사람이 마음을 주고받게 만드는 것이 바로 음악이 가진 힘이에요.

음악 공부를 하면서 다양한 악기를 접해 보고 아름다운 소리를 만들어 보세요. 어떤 악기든 좋아요. 피아노의 맑고 깨끗한 음, 바이올린의 풍성한 소리, 드럼이나 장구를 두드려 만든 신나는 리듬 등으로 분명 아름다운 연주를 해낼 수 있을 거예요.

그리고 만들어지는 아름다운 소리를 다른 친구들에게도 들려주세요. 여러분의 생각과 감정을 친구들에게 좀 더 쉽게 전달해 주는 음악을 통해, 자신감도 한 뼘 자라나는 기회가 될 테니까요.

감성이
풍요로워져요

2

"와, 정말 비가 내리는 것 같아!"

혜영이가 학교 수업 중 가장 좋아하는 시간은 바로 음악 시간이에
요. 리코더, 단소, 장구 등 새로운 악기를 배울 수 있다는 것도 좋지
만, 무엇보다 재미있는 것은 바로 음악 감상 시간이에요.

"진수야, 지금 듣고 있는 부분이 마치 빗방울이 톡톡 떨어지는 소
리처럼 들리지 않아?"

이번 시간에는 선생님께서 쇼팽의 《24의 전주곡》 가운데 〈빗방울

전주곡〉을 들려주셨어요. 아름다운 피아노 선율이 유리창에 부딪히는 빗방울 소리를 그대로 흉내 내고 있는 것이 정말 신기했어요. 추운 겨울날 창문을 두드리는 빗방울을 바라보고 있는 듯했지요. 음악을 듣다 보면 정말 신기한 경험을 하게 돼요. 음악과 어울리는 아름다운 장면이 눈앞에서 그려지는 것 같거든요.

"나는 잘 모르겠는데? 저런 음악은 너무 졸려."

음악 감상이 지루하다는 듯 짝꿍 진수는 길게 하품을 하며 졸린 눈으로 대답했어요.

이런 진수의 모습을 보며 혜영이는 웃음이 터져 나오는 것을 애써 참았어요. 얼마 전까지만 해도 혜영이도 진수처럼 음악 감상 시간이 지루해서 견딜 수가 없었거든요. 특히 클래식 음악 감상은 정말 따분했어요. 요즘에 인기가 있는 노래처럼 신이 나는 것도 아니고, 따라 부를 노랫말이 있는 것도 아니다 보니 재미를 느끼기 어려웠거든요.

그러던 어느 날, 음악 시간이었어요. 솔솔 졸음이 쏟아지던 혜영이의 귀에 선생님의 곡 설명이 들려왔어요.

"오늘 음악 감상 시간에는 《동물의 사육제》라는 곡을 들어 볼 거예요. 이 음악은 프랑스의 작곡가 생상스의 대표작으로 사자, 닭, 코끼리, 캥거루 등등 수많은 동물을 표현한 음악이에요."

선생님의 설명을 듣고 혜영이는 관심이 생겼어요. 동물이 나오는 만화 영화나 텔레비전 프로그램은 놓치지 않고 다 챙겨 볼 만큼 동물을 좋아했기 때문이에요.

"이 부분을 특히 귀 기울여서 들어 보세요. 사자왕이 행진하는 소리를 피아노와 현악기로 표현한 부분이에요."

혜영이는 평소보다 더 귀를 쫑긋 세워 주의 깊게 들어 보려고 했어요. 사자왕의 위풍당당한 걸음걸이를 떠올리게 하는 행진곡으로 시작한 음악은 자연스럽게 묵직한 움직임으로 변했어요.

음악을 듣다 보니 혜영이는 자신도 모르게 슬쩍 웃음이 났어요. 몸집이 커다란 사자왕의 늠름한 모습과 함께 그 뒤를 따르는 아기 사자의 귀여운 모습이 떠올랐기 때문이에요. 널찍한 초원 한가운데에서 사자왕다운 모습을 자랑하는 아빠 사자와 그 뒤를 따르는 귀여운 아기 사자의 걸음마가 눈앞에서 그려지는 것 같았어요.

점점 재미를 느껴 귀를 기울여 듣다 보니 음악이 더 잘 들리기 시작했어요. 특히 7장 〈수족관〉 부분이 가장 마음에 들었어요. 집중해서 음악을 들은 혜영이는 음악을 듣고 난 감상을 물으시는 선생님의 질문에 가장 먼저 손을 들고 대답했어요.

"물고기가 숨을 쉴 때마다 뽀글뽀글 물방울이 생기는 것까지 악기로 표현할 수 있다는 게 정말 신기해요!"

혜영이의 말에 선생님께서 웃으며 대답하셨어요.

"혜영이가 잘 들었네요. 생상스는 표현력이 풍부한 음악가였어요. 그래서 지금도 생상스의 음악은 유명한 영화나 광고의 음악으로 자주 쓰이고 있어요. 특히 혜영이가 지금 이야기한 〈수족관〉은 만화 영화《인어 공주》에 배경 음악으로 쓰였어요."

"어쩐지!"

음악을 들으면서 혜영이는 인어 공주가 너풀거리는 해초 사이를 아름답게 헤엄치고, 그 뒤를 작은 물고기들이 따르는 장면이 떠올랐거든요. 또 화려한 비늘을 가진 물고기, 진주를 품은 조개 등등 예전에 부모님과 함께 구경을 갔던 커다란 수족관이 생생하게 기억나기도 했어요.

그 음악 수업 이후부터 혜영이는 일상생활에서도 음악을 찾아내는 재미에 폭 빠지게 되었어요. 혜영이가 점점 더 관심을 가질수록 평소에 쉽게 지나쳤던 곳에서도 음악이 들려오니 더욱 신기할 수밖에 없었어요. 이런 재미를 짝꿍인 진수도 알게 되면 참 좋을 텐데 말이지요.

어느덧 음악 시간이 끝났음을 알리는 종소리가 울렸어요. 길게 기지개를 펴는 진수의 옆구리를 쿡 찌르며 혜영이는 말했어요.

"진수야, 저 음악 어디서 들어 본 것 같지 않아?"

"수업 시작하고 끝날 때마다 늘 듣잖아."

진수가 종소리의 멜로디를 흥얼거리기 시작했어요. 아마도 저 멜로디가 지난 음악 감상 시간에 들었던 폴란드의 작곡가 바다르체프스카의 〈소녀의 기도〉라는 것을 모르는 눈치였어요.

"잘 들어 봐. 지난 음악 시간에 배웠잖아."

"정말이야?"

혜영이의 말에 열심히 귀를 기울이며 궁금해하는 모습을 보니 머지않아 진수도 음악 감상의 재미를 느낄 수 있을 것 같아요. 어느덧 음악에 푹 빠지게 된 혜영이처럼 말이에요.

《동물의 사육제》의 작곡가는 프랑스 파리에서 태어난 생상스예요. 평소 생상스는 주위 사물과 동물, 자연에 대해 끊임없이 관찰하는 것으로 유명했어요. 그러다 《동물의 사육제》라는 곡에서 음악으로 표현할 수 있는 최고의 묘사를 해냈지요.

《동물의 사육제》는 〈서주와 사자왕의 행진〉, 〈수탉과 암탉〉, 〈당나귀〉, 〈거북〉, 〈코끼리〉, 〈캥거루〉, 〈수족관〉, 〈귀가 긴 등장인물〉, 〈숲속의 뻐꾸기〉, 〈커다란 새장〉, 〈피아니스트〉, 〈화석〉, 〈백조〉, 〈종곡〉이라는 제목이 붙은 짧은 악장 14곡으로 구성되어 있어요.

사자, 당나귀, 코끼리, 캥거루 등의 제목이 붙은 《동물의 사육제》는 '이것은 사자입니다.'라는 설명 없이도 생생한 풍경을 오직 악기로 만들어 냈어요. 생상스의 곡뿐만 아니라 훌륭한 음악은 그야말로 무한하고 생동감 넘치는 표현력을 지녔어요.

말보다 오히려 훨씬 더 생생하고 무궁무진하게 표현할 수 있는 것이 음악의 장점이에요. 정해진 의미만을 전달하는 말과 달리 음악은 듣는 사람의 상상력을 자극하기 때문이지요. 그렇기 때문에 오래전부터 음악 교육은 사람들의 감성을 발달하게 하고, 지각 능력을 길러 주는 효과적인 방법이었어요.

음악 교육의 효과에 대해 연구하는 학자들의 의견에 따르면 음악을 공부하면 다양한 감정을 경험하게 된다고 해요. 주변의 사물이나 새로운 상황을 이해하고 관찰하는 데 좋은 훈련이 되기도 하고요. 평소에 음악을 잘 듣고 이해하려고 노력한다면 주변 사물에 대한 관찰력과 표현력을 기를 수 있게 된답니다.

꾸준히 접하게 된 음악은 평소에 둔했던 감성도 일깨워 주지요. 사람마다 느끼는 감성은 제각각이에요. 감성이 풍부해서 일상적인 것도 특별하게 바라보는 사람이 있는 반면, 어떤 사람은 감성이 무디어서 감동도 재미도 느끼지 못하지요.

하지만 다행히도 감성은 후천적인 노력에 따라 발달하는 능력이에요. 음악 훈련을 통해 감성이 발달하면 기쁨과 슬픔, 분노, 두려움 등의 감정을 바르게 깨달을 수 있기 때문에 자기 자신에 대한 이해가 깊어지지요. 감정을 표현하는 표현력도 풍부해지고요. 그래서 다른 사람들과 의견을 나누고 자신의 감정을 전달하는 일이 어렵지 않게 된답니다.

다양한 음악을 통해 감성이 발달한 사람은 다른 사람의 마음도 잘 공감해 줄 수 있어요. 이러한 능력은 사회생활에 꼭 필요한 것으로, 주변 사람들과 좋은 인간관계를 이루어 나갈 수 있도록 도와준답니다.

또한 음악에 관심을 보이고 열심히 들으려고 노력할수록 음악을 통해 풍요로운 감성을 배우고 즐길 수 있어요. 그래서 그동안 모르고 지나쳤던 작은 부분에서도 아름다움을 찾아낼 수 있게 되지요.

고양이가 기분 좋게 가르랑거리는 소리, 강아지가 꼬리를 살랑살랑 흔들며 움직이는 리듬, 바람결에 흔들리는 나뭇잎의 기분 좋은 소리처럼 평범한 풍경 속에서 음악을 느껴 보세요. 예전에는 느끼지 못했던 아름답고 풍요로운 일상을 맛볼 수 있게 될 거예요.

3

집중력을
기를 수 있어요

희준이는 반에서 소문난 장난꾸러기예요. 익살스러운 성격으로도 유명했지만, 잠시도 가만있지 못하는 주의가 산만한 아이였어요. 조용히 의자에 앉아 있으려고 하면 온몸이 근질거린다나요. 선생님께서 아무리 엄하게 꾸짖으셔도 수업에 도통 집중하지 못했어요. 이런 희준이를 보며 엄마의 한숨은 늘어만 갔어요.

"희준아, 가만히 앉아 있을 수는 없니?"

집중을 못하다 보니 도통 성적이 오르지 않았어요. 수학 학원, 논술 학원, 영어 학원 등 아무리 많은 학원을 다녀도 성적이 뚝뚝 떨어지기만 했지요. 사실 희준이도 답답하기는 마찬가지였어요. 선생님이나 엄마께서 늘 집중하라고 하시는데, 도대체 어떻게 해야 집중이 되는 것인지 몰랐으니까요.

그러던 어느 날, 희준이는 엄마의 손에 이끌려 피아노 학원에 가게 되었어요.

"엥, 갑자기 웬 피아노 학원이에요?"

"네가 책상에 앉아 공부하는 것을 싫어하잖아. 이건 아주 재미있는 공부니까 열심히 다녀 보자."

하지만 재미있을 것이라는 엄마의 말씀은 아무래도 거짓말 같았어요. 텔레비전이나 영화에 나오는 주인공들처럼 피아노 연주를 잘하려면 시간이 아주 오래 걸릴 것이 뻔했거든요. 학원을 다닌 지 한 달이 다 되어 가고 있지만, 희준이는 여전히 기본 악보를 보며 계이름을 익히고 음계를 따라 천천히 건반을 눌러 보는 것만 할 수 있었으니까요.

"아, 재미없어. 선생님께서 계속 똑같은 것만 연습하라고 하시니."

그때 옆방에서 서툰 피아노 소리가 들려왔어요. 누군지는 모르지

만 희준이보다 훨씬 피아노를 못 쳤어요.

"어휴, 그게 아니지."

희준이는 한 수 가르쳐 준다는 듯 건반을 정확히 짚어 높아지는 음으로 한 번, 또 점점 낮아지는 음으로 한 번 연주했어요. 자칫하면 틀릴까 봐 엄청나게 집중했지요. 처음에는 얼굴도 모르는 옆방 친구에게 잘난 체하고 싶어 시작했지만, 생각보다 훨씬 예쁘게 들리는 피아노 소리에 희준이는 신이 났어요. 어느덧 선생님과 약속한 연습 횟수를 다 채우게 되었지요.

이윽고 자리로 돌아오신 선생님께서 희준이의 변화를 한눈에 알아보셨어요.

"희준이가 연습을 정말 열심히 했네?"

"어, 어떻게 아셨어요? 여기에 카메라라도 달려 있는 거예요?"

그러자 선생님께서 웃으면서 말씀하셨어요.

"그전까지만 해도 건반을 누르는 손가락 힘과 박자가 일정하지 않았는데 훨씬 좋아졌잖니."

"정말요? 사실 저는 연습을 열심히 하지 않아도 티가 나지 않을 줄

알았어요."

"그렇지 않아. 악기 연주는 얼마나 집중해서 연습하느냐에 따라서 실력이 쑥쑥 늘기 마련이거든. 희준이가 오늘처럼 집중을 잘한다면 금방 바이엘 교본도 끝낼 수 있겠다."

선생님의 칭찬에 기분이 좋아진 희준이는 더 바른 자세로 고쳐 앉았어요. 똑딱똑딱 규칙적으로 움직이는 메트로놈 소리에 맞추어서 연주하는 희준이의 표정이 무척이나 진지했어요.

"자, 박자에 맞추어서 천천히 해 보자."

올바른 박자에 맞추어서 정확한 음을 연주하기 위해서는 딴생각을 할 틈이 없었어요. 선생님께서 지도해 주시는 대로 열심히 따라가다 보니 어느새 시간은 훌쩍 지나 있었어요.

그날부터 희준이는 달라졌어요. 더는 가만히 앉아 있는 것을 못 견디는 희준이가 아니었지요. 전에는 숙제를 하기 위해 책상 앞에 앉아 있는 것조차도 힘들어했었는데, 이제는 그렇지 않게 되었어요. 책상에 앉아 숙제를 하고 있는 희준이를 보고 엄마는 깜짝 놀라실 수밖에 없었어요. 희준이가 콧노래를 흥얼거리며 즐거운 표정으로 숙제를

하고 있었거든요.

"아니, 장난꾸러기 우리 희준이 맞아?"

엄마께서 뒤에 서 계셨다는 사실을 뒤늦게 깨달은 희준이는 씩 웃었어요.

무언가에 푹 빠져들어서 시간 가는 줄 모르고 즐겁게 집중했던 경험이 있나요? 집중력이 좋은 친구들이라면 짧은 시간 안에 영어 단어를 외우거나 수학 문제를 모두 푸는 등 목표한 공부를 끝낼 수 있을 거예요. 동시에 좋은 결과를 기대해 볼 수도 있지요. 집중을 해서 배운 것은 잘 잊히지 않으니까요.

하지만 평소에 '나는 정말 집중력이 부족해.'라고 느끼는 친구들도 있을 거예요. 숙제를 하려고 책상에 앉으면 괜히 냉장고 안이 궁금해지고, 인터넷이나 게임이 하고 싶었다가 멍하니 시계만 바라보게 되는 것도 모두 집중력이 부족하기 때문이지요. 이런 친구들은 나름대로 열심히 지루하고 따분한 시간을 견디며 억지로 공부했음에도 마음처럼 잘되지 않아 속상했을 거예요. 국어, 수학, 영어뿐만 아니라 체육, 미술, 음악 등 예체능 과목에서도 집중력이 없으면 좋은 성과를 보일 수 없으니 말이에요.

집중력을 기를 수 있는 방법 중에서 가장 쉽고 재미있는 것이 바로 악기 연주예요. 멜로디를 만들어 내는 재미도 있고, 연습할수록 실력도 쑥쑥 늘어가는 것이 느껴져 더욱 열심히 노력하게 된답니다.

악기 연주를 잘하려면 먼저 악기에서 나오는 소리를 주의 깊게 들어야 해요. 그러고는 악보를 올바로 읽고 악보가 가리키는 음을 정확하게 낼 수 있도록 손가락의 움직임에 신경 써야 해요. 즉, 악기를 연주할 때 자연스럽게 눈으로 악보를 읽고 귀로 음을 들으며 손으로 연주하는 복합적인 활동을 하게 되는 거예요. 이러한 움직임은 두뇌 활동을 활발하게 자극해서 집중력을 높여 주지요.

그래서 음악 공부는 집중력을 높이고 차분하게 몰입하게 만드는 훈련이 돼요. 특히 악기를 이용한 음악 공부는 자라나는 아이들의 뇌를 자극시키지요.

청소년들을 대상으로 한 연구 결과만 보아도 음악이 집중력을 높이는 데 중요하다는 것을 알 수 있어요. 촉각과 청각, 시각을 모두 써야 하는 악기 연주는 평소 집중력이 나빴던 학생들도 쉽게 집중할 수 있게 만들어 학습 장애를 겪는 청소년들을 위한 치료 방법으로도 쓰이고 있답니다.

이렇듯 악기 연주와 음악적 동작으로 이루어진 음악 공부는 집중력이 좋지 않은 친구들을 위한 좋은 훈련이 돼요. 악기를 주의 깊게 연주하는 연습이 쌓이면, 다른 과목을 공부할 때에도 자연스럽게 집중하게 되는 효과를 볼 수 있지요.

음악으로 집중력을 기르는 일은 누구나 할 수 있어요. 악보에 그려진 리듬과 강약, 음과 음의 어울림 등의 규칙을 잘 지켜 가면서 기초를 튼튼하게 쌓아 보세요. 악기 연주 실력이 빠르게 높아지는 것을 눈과 귀로 확인할 수 있어요. 그뿐만 아니라 이러한 음악적 경험으로 집중력도 쑥쑥 높아질 거예요.

4

세계 문화를
이해할 수 있어요

"오늘은 새로운 친구가 우리 반으로 전학을 왔어요. 브라운, 친구

들에게 인사하렴."

아침 조회 시간, 담임 선생님의 옆에 낯선 친구가 서 있었어요.

"안녕, 내 이름은 브라운이야. 앞으로 잘 부탁해!"

까만 피부에 곱슬곱슬한 머릿결을 가진 흑인 친구 브라운은 낯선

외모와는 다르게 정확한 발음의 한국어로 말했어요. 반 친구들은 그

런 브라운을 신기한 눈빛으로 바라보았어요. 쉬는 시간이 되자 아이

들이 브라운 주변으로 몰려들어 너도나도 질문을 했어요.

"브라운, 너는 어디서 왔어?"

"한국말을 어쩜 이렇게 잘하게 된 거야?"

민수도 브라운에게 궁금한 것을 물어보았어요.

"네 부모님도 외국 사람이셔?"

민수의 엉뚱한 질문에 반 아이들은 웃음을 터트렸어요. 질문을 이해하지 못했던 브라운도 뒤늦게 폭소를 터트리며 분위기가 좀 더 좋아졌어요.

브라운은 미국의 시카고 시에서 태어나 자랐고, 한국에 온 지는 햇수로 삼 년이 되어 간다고 했어요. 아빠가 한국 지사로 발령받아 온 가족이 함께 왔다고 했지요.

"한국말은 한국 음악을 많이 듣고, 한국 드라마도 보면서 배웠어."

브라운은 요즘 인기 있는 한국 가수들의 이름을 줄줄이 꿰고 있었어요. 브라운의 입에서 자기가 좋아하는 가수 이름이 나올 때마다 아이들은 신기해하며 기뻐했어요.

"난 한국 음악을 정말 좋아해. 듣고 있으면 신나거든. 그래서 한국 음악 덕분에 한국이라는 나라가 더 궁금하기도 했어.”

　“정말? 그렇구나! 그런데 너희 나라의 음악은 뭐가 유명해?”

　브라운의 말을 듣고 민수가 되물었어요.

　“사실 미국은 인종이 다양한 만큼 좋아하는 음악도, 유행하는 노래 스타일도 다 달라. 그중에서 내가 좋아하는 것은 힙합이나 재즈?”

　“우리나라에도 힙합 가수들 많아! 그런데 재즈가 뭐야? 말이 멋있어 보인다.”

민수가 재즈에 대해 묻자 브라운이 싱긋 웃으며 말했어요.

"재즈는 클래식 음악 다음으로 전 세계에서 가장 오래된 역사를 가진 음악이야. 재즈에는 피아노, 드럼, 색소폰 같은 악기가 쓰이는데 우리 아빠 취미가 색소폰 연주라 나는 어렸을 때부터 자주 들었어."

"우아, 색소폰을 연주하신다고? 정말 대단하다! 넌 그러면 요즘도 재즈를 듣고 있는 거야?"

"응, 주말이면 아빠는 색소폰을 불고 엄마는 노래를 부르는 게 우리 가족이 휴일을 보내는 방법이야. 우리 가족은 재즈를 정말 좋아하거든."

브라운은 재즈에 얽힌 이야기도 들려주었어요.

"사실 재즈는 나 같은 흑인에게 큰 의미가 있어. 우리 조상은 피부색이 까맣다는 이유만으로 심한 인종 차별을 겪어야 했거든."

"인종 차별? 어떤 식으로 차별을 당한 건데?"

평소 궁금한 것을 참지 못하는 지희가 고개를 갸웃하며 물었어요.

"길거리를 지나다니기만 해도 나쁜 말을 들었고, 식당이나 대중교통같이 모두 똑같이 누릴 수 있는 것도 흑인이라는 이유로 거부당했다고 해."

"너무 심하다!"

"흑인의 아픈 역사가 담겨 있는 게 바로 재즈야. 흑인끼리 삼삼오오 모여서 노래를 부르며 인종 차별로 받은 슬픔을 이겨 내려고 했던 것이지."

브라운의 이야기를 듣고 나자 친구들은 처음에 브라운의 까만 피부를 보고 낯설어했던 것이 미안해졌어요. 또한 브라운이 처음보다 더 가깝게 느껴지기도 했고요.

"재즈는 많은 의미가 담긴 음악이구나. 재즈 중에 네가 좋아하는 곡이 있으면 나중에 꼭 들려줘."

아이들이 너도나도 관심을 보였어요. 브라운은 영화에도 재즈가 자주 쓰이기 때문에 이미 많이 알고 있을 것이라며 기뻐했어요.

"재즈뿐만이 아니라 한국 음악도 멋진 음악이 많은 것 같아."

"정말? 어떤 음악이 멋있는데?"

"사물놀이 말이야! 우리 아빠는 한국의 사물놀이를 정말 좋아하셔서. 지난주에도 온 가족이 공연을 보러 갔는데 시간 가는 줄 몰랐어."

한국 음악을 좋아하는 브라운뿐 아니라 브라운의 부모님도 음악으로 한국을 더 좋아하게 되셨대요.

"사물놀이라고? 브라운, 우리 음악 시간에 장구를 배운다는 거 알고 있어?"

"정말이야? 사물놀이에 쓰이는 장구를 진짜 배운다고?"

"응, 장구는 직접 쳐 보면 더 재밌어."

"와, 신난다! 벌써부터 기대된다."

동그랗게 눈을 뜨고 들뜬 브라운의 모습에 아이들이 함께 웃음을 터트렸답니다.

음악은 언어가 아닌 감각으로 소통하는 예술이에요. 그렇기 때문에 서로 말이 통하지 않아도 음악으로 충분히 감정을 주고받을 수 있어요. 그래서 다른 나라의 음악을 들어 보는 것은 그 나라의 문화와 정서를 이해하는 데 큰 도움이 되지요.

우리나라 문화에 낯선 외국 사람들이 우리의 음악, 즉 국악을 듣고 한국이라는 나라에 호감을 느끼게 되는 경우를 보아도 알 수 있어요.

지금도 많은 나라에서는 판소리, 사물놀이 등의 우리나라 전통 음악이 공연되고 있지요. 한국에 대해 잘 알지는 못해도 우리나라의 가락에 흠뻑 빠져든 관객들은 끊임없이 박수갈채를 보낸다고 해요. 이렇게 우리나라 음악을 경험한 외국 사람들은 책이나 텔레비전으로 본 것과는 또 다른 방법으로 한국을 잘 알게 되었을 거예요.

마찬가지로 우리도 다른 나라의 음악을 들으며 그 나라에 대해 배울 수 있어요. 재즈라는 음악에서 흑인에 대한 인종 차별의 아픈 역사를 엿볼 수 있는 것처럼 말이에요.

재즈는 흑인의 민속 음악과 백인의 유럽 음악이 결합되어서 생겨난 음악이에요. 고향인 아프리카에서 끌려와 낯선 미국 땅에서 백인들의 노예 생활을 해야 했던 흑인들이 부르고 연주하던 음악이지요. 그래서 재즈에는 백인들로부터 오랜 차별을 당한 흑인들의 슬픈 역사가 담겨 있어요.

재즈라는 장르가 낯설게 느껴질 수도 있지만, 많은 사람이 한 번쯤은 재즈를 들어 보았을 거예요. 광고 음악, 영화 배경 음악 등 우리의 일상에서 즐겨 쓰이고 있기 때문이에요. 피부색이 다르다는 이유만으로 차별받고 핍박받았던 흑인들의 노래가 지금은 전 세계에서 널리 사랑받게 된 것은 큰 의미가 있어요.

우선 재즈가 유명해지면서 덩달아 흑인 음악가 또한 무대 위에서 조명을 받게 되었어요. 텔레비전에서도 종종 흑인 분장을 하고 트럼펫을 부는 시늉을 하는 연예인들을 볼 수 있어요. 재즈의 제왕이라 불리는 미국의 트럼펫 연주자이자 가수인 루이 암스트롱을 흉내 낸 것이에요. 오랜 세월 동안 백인들의 노예 생활을 했던 흑인이 주인공으로 무대에 올라 많은 사람의 박수와 환호를 받게 된 것은 놀라운 일이었지요. 처음에는 인종 차별에 대한 서러움 속에서 태어난 재즈 음악이 지금은 널리 사랑받고 있는 것을 보면 흑인의 권리가 높아졌음을 알 수 있어요.

재즈뿐만 아니라 힙합도 마찬가지예요. 힙합의 역사도 흑인들로부터 시작되었어요. 길거리에서 악보나 악기 없이 즉흥적으로 가사를 만들어 리듬을 타기 시작한 것이 지금의 랩을 만들었지요.

이처럼 재즈와 힙합이라는 음악 장르에 얽힌 역사에서 평소에 알지 못했던 많은 것을 배울 수 있어요. 그래서 다른 나라의 음악을 들고 배워 본다는 것은 세계에 대한 시야를 넓히는 훌륭한 교육법으로 주목받고 있어요. 실제 일본에서는 국제 이해 교육의 하나로 '다문화 음악 교육'을 펼치고 있다고 해요. 다른 나라의 문화에 대한 이해도를 높이고 전 세계 사람들과 협력할 수 있는 인재를 기른다는 교육 목표에 따라 다른 나라의 음악을 체험하고 배워 보는 활동을 이어 가고 있어요. 유럽 국가의 악기를 배워 보는 시간은 물론, 아시아 국가의 노래와 악기도 배우는 시간이지요. 우리나라의 전통 음악으로는 사물놀이나 아리랑, 판소리 등이 소개되고 있다고 해요.

이런 흐름에 발맞추어 우리나라에서도 음악으로 세계를 새롭게 체험할 수 있는 기회가 하나둘씩 생겨나고 있어요. 국립 대구 박물관에서는 '음악과 함께 하는 세계 여행'이라는 주제로 세계 여러 나라의 다양한 음악을 배워 볼 수 있는 기회가 있다고 해요. 아시아의 여러 문화를 엿볼 수 있는 전통 노래 체험뿐만 아니라 악기를 직접 만들고 연주하기 등 다양한 경험도 할 수 있어요. 또한 전주에서는 각 나라의 전통 음악과 낯선 전통 악기를 관람할 수 있는 '전주 세계 소리 축제' 같은 큰 행사도 매년 열리고 있고요. 이외에도 지역마다 현지 예

술가를 초청한 각종 음악회, 공연 등이 있어 마음만 먹으면 얼마든지 다른 나라의 음악을 접할 기회를 찾아볼 수 있답니다.

여러분도 각 나라의 고유한 정서가 깃든 전통 음악에 관심을 가져 보세요. 그 나라의 음악을 잘 배우고 듣는 것만으로도 그 나라에 대해 배울 수 있는 좋은 기회가 될 수 있을 테니까요.

5

협동심을
기를 수 있어요

"선생님, 전 왜 소프라노가 아닌 거예요?"

지원이가 부루퉁한 입술을 삐죽이며 울상을 지었어요. 교내 합창
대회를 준비하면서 소프라노와 메조소프라노, 알토 이렇게 세 파트
로 나누고, 각 파트를 이끌 조장도 뽑은 뒤였어요. 지원이는 자신이
알토 파트로 정해진 것이 마음에 들지 않았어요. 그래서 따로 선생님
을 찾아가서 소프라노 파트로 바꿔 달라고 졸랐지요.

"제가 노래를 얼마나 잘하는데요. 네? 그러니까 소프라노로 바꿔

주세요."

"선생님도 알지. 지원이가 우리 반 가수잖아."

"그런데 왜 전 알토 파트인 거예요?"

소프라노 파트는 가장 높은 음을 담당해 목소리가 잘 들릴뿐더러 홀로 노래하는 솔로 부분이 있어요. 그렇기 때문에 지원이는 가장 주목받을 수 있는 소프라노 파트에 가고 싶었어요. 파트들 중에서도 가장 낮은 소리를 내는 알토 파트가 된 것이 마음에 들지 않았지요. 알토와 소프라노의 중간 음을 담당하는 메조소프라노도 중요하게 느껴지지 않았고요.

"지원아, 소프라노뿐만이 아니라 메조소프라노, 알토 모두 다 똑같이 중요해. 그리고 네 목소리는 알토에 더 어울린단다."

"하지만 멋있는 것은 소프라노가 다 하잖아요."

평소에도 노래 부르는 것을 좋아하는 지원이는 이번 합창 대회에서 가장 돋보이고 싶었어요. 영화나 드라마 속 주인공들이 무대 위에서 주목받는 것처럼 말이에요. 지원이는 좀 더 고집을 부리고 싶었지만, 선생님께서 들어주실 것 같지 않았어요. 그래서 불만스럽게 입을 꾹 다물고 돌아올 수밖에 없었어요.

합창 연습이 시작되었어요.

"숲 속을 걸어요. 산새들이 속삭이는 길."

선생님의 반주가 시작되고, 지휘를 맡은 반장의 손짓에 따라 열심히 노래하는 친구들의 사이에서 지원이는 슬며시 눈치를 보았어요.

'내가 소프라노 파트를 얼마나 잘 부르는지 직접 보시면 선생님도 생각이 달라지실 거야.'

결심을 굳힌 지원이는 알토 파트 한가운데서 소프라노 음으로 노래를 부르기 시작했어요. 그런데 가수 같은 노래 실력으로 친구들과 선생님을 놀라게 하겠다는 지원이의 생각과는 다른 상황이 벌어지고 말았어요. 지원이가 소프라노 음을 높게 지르기 시작하자 알토 파트의 다른 친구들 음이 흔들리기 시작했어요. 소프라노와 알토 사이에서 균형을 맞추어 주던 메조소프라노도 마찬가지였어요. 산새들이 속삭이고 꽃향기가 그윽하게 나는 숲 속을 걷는 기분이 들게 만들던 예쁜 노래가 엉망으로 망가져 갔어요.

노래가 점점 이상해지자 지휘자도 당황했어요. 결국 선생님께서

반주를 뚝 멈추셨어요.

"뭐야, 왜 이렇게 된 거야?"

"몰라. 옆에서 이상한 음이 들려서 갑자기 막 헷갈리는 거야."

아이들은 누가 실수한 것이냐며 투덜대면서 웅성거렸어요. 그때 지원이는 선생님과 눈이 마주쳤어요. 화들짝 놀란 지원이는 재빨리 고개를 숙였어요. 혹시나 선생님께서 지원이의 잘못을 눈치채실까 봐 겁이 났던 거예요.

그런 지원이를 조용히 바라보시던 선생님께서 말씀하셨어요.

"자, 조금만 쉬었다 다시 연습하자. 그리고 지원이는 선생님 좀 잠 간 보자꾸나."

선생님은 지원이를 불러내 교무실로 데리고 가셨어요.

"지원아, 알토 파트가 그렇게 마음에 들지 않았니?"

"네……."

고개를 푹 숙이고 지원이가 대답했어요.

"선생님이 왜 지원이를 알토 파트로 넣었는지 아니?"

"제가 노래를 못한다고 생각하셔서서요……."

"그런 게 아니야. 지원이의 목소리는 안정감이 있고 울림이 좋아서 알토 파트에 어울린단다. 모든 파트가 똑같이 중요하지만 특히 알토가 음을 잘 받쳐 주지 않으면 소프라노가 아무리 잘한다고 해도 노래가 아름다워질 수 없어."

지원이는 조금 전에 엉망으로 망가져 버린 노래를 다시 한 번 떠올렸어요.

"합창이란 그런 거야. 음을 받쳐 주는 알토 파트, 멜로디를 이끌어 가는 소프라노 파트, 소프라노와 알토를 조화롭게 버무려 주는 메조소프라노 파트의 역할이 모두 중요해. 나만 돋보이고 싶은 마음으로는 결코 아름다운 합창이 만들어질 수 없어."

그제야 지원이는 욕심을 부렸던 행동이 부끄러워졌어요. 가사를 함께 외우고 음과 음을 맞추어 화음을 만들면서 즐거워하던 친구들의 얼굴이 생각나자 미안한 마음도 들었답니다.

합창은 여러 사람이 목소리를 맞추어 노래를 부른다는 뜻이에요. 많은 사람이 파트를 나누어 화음을 만들어 내며 노래하는 합창은 신

전에서 신을 위해 노래하던 고대 그리스의 합창대에서부터 시작되었다고 해요.

　함께하는 공동체 의식을 바탕으로 하는 합창은 협동의 가치를 알려 주는 하나의 좋은 교육 방법이 될 수 있어요. 여러 사람이 함께 노래를 불러야 하는 만큼 합창에서 가장 중요한 것은 서로를 도와 함께 해 나가려고 하는 마음, 즉 협동심이기 때문이에요.

　혼자만의 노력이 전부인 것이 아니라 합창단 속에서 함께 연습하고, 의견을 조율해서 음악을 만들어 나가는 과정 전체가 단체 생활의 규칙을 깨우치게 해 줘요. 이 과정에서 협동심뿐만 아니라 책임감도 배울 수 있어요. 개개인의 노력이 모두 똘똘 뭉쳐야 아름다운 음악 한 곡이 만들어지기 때문에 적극적으로 참여하는 자세와 공동체를 위한 책임감이 반드시 필요하기 때문이지요.

　합창에서 나만 주인공이 되고 싶은 욕심이 있거나 '나 하나쯤은 안 불러도 되겠지.'라며 입만 벙긋거리는 경우도 있을지 몰라요. 또 옆 사람의 음을 따라 부르면 된다는 생각으로 연습을 게을리하는 경우도 있을 수 있어요. 그렇지만 한 명 한 명의 목소리가 모두 모여야 아

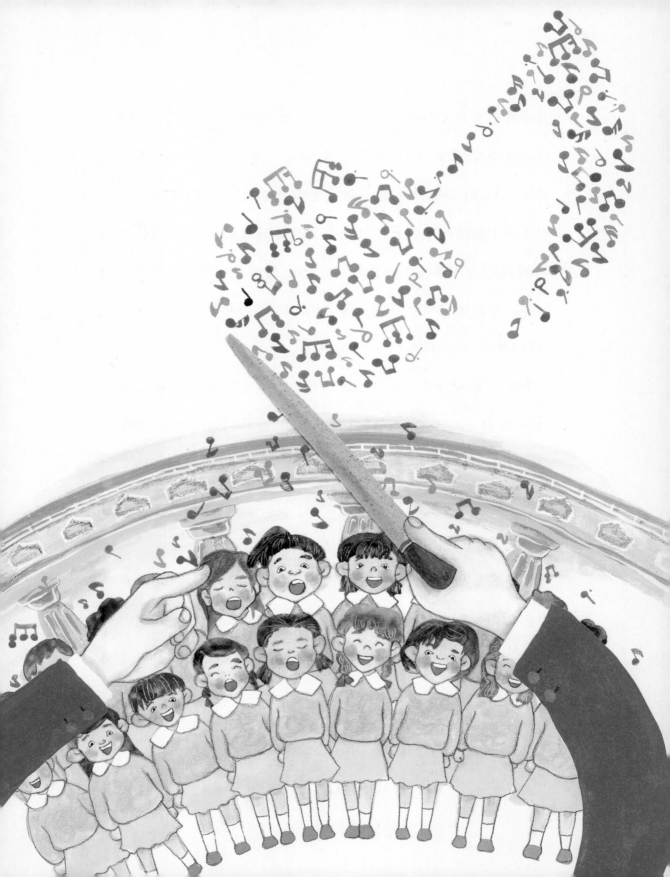

름다운 합창이 만들어질 수 있어요. 만약 '이렇게 많은 사람 가운데 내 목소리가 뭐가 그리 중요하겠어?'라고 가볍게 생각하면 어떻게 될까요? 하나의 목소리가 옆 사람에게 영향을 끼치고 또 그 영향이 주변으로 전해지면서 결국 전체가 흔들리게 되지요. 즉, 불협화음이 되어 버려요. 불협화음은 화음의 반대말로, 음과 음이 조화롭게 어우러진다는 뜻의 화음과는 달리 서로 어우러지지 못하고 듣기 불편한 소리가 난다는 뜻이지요.

음악 수업 시간에 합창 연습을 시키는 이유도 바로 여기에 있어요. 나만 큰 목소리로 잘 부른다고 해서 되는 것이 아니라 모두 함께 어우러져야 하는 합창으로 조화와 협동을 자연스럽게 몸에 익히라는 뜻이에요. 합창뿐만 아니라 각기 다른 악기를 맡아 함께 연주하는 합주도 같은 의미이지요.

함께 음을 맞추어 노래 부르는 것은 혼자만 부르는 것보다 훨씬 어려운 일이에요. 모두 한마음 한뜻으로 노력해야 하니까요. 하지만 여러 명의 목소리가 함께 어우러져 더욱 풍성하고 아름다운 음악이 완성되는 합창은 여러 이유로 배워야 할 의미가 충분하답니다.

사람은 아무리 능력이 있을지라도 다른 사람과 관계를 맺지 않고 혼자서 살 수는 없어요. '사람은 사회적인 동물이다.'라는 말처럼 사회 안에서 함께 어우러지며 서로 힘을 합하거나 도움을 주고받아야 하기 때문이지요. 개개인의 노력이 모두 모여야 아름다운 합창곡이 만들어지는 것처럼 말이에요.

　　각자 다른 장점을 가진 친구들과 함께 노래 부르는 합창의 즐거움을 직접 느껴 보세요. 아름다운 결과를 위해서는 서로가 배려하고 어려운 일을 함께 도와야 한다는 것을 저절로 느낄 수 있을 거예요. 그리고 나와 다른 목소리가 어우러지는 합창 연습을 통해 함께 더불어 살아가는 가치를 배울 수 있게 될 거예요.

6

일상생활에 즐거움을
느낄 수 있어요

요즘 준서는 친구들과 함께 노는 시간이 즐겁지 않았어요. 가장 좋아하는 축구도 재미있지 않았고요. 그뿐만 아니라 평소라면 젓가락을 들고 신나게 달려들었을 맛있는 반찬 앞에서도 준서는 입맛이 없다며 밥을 남기기 일쑤였지요.

'하나도 재밌지가 않아…….'

학교에서 친구들이 시끌벅적하게 어제 보았던 텔레비전 이야기나 연예인 이야기를 하고 있는 동안에도 준서는 엎드려 있었어요. 예전에는 즐거웠던 것이 다 지루하게 느껴지니, 괜히 짜증이 나서 인상을 잔뜩 찌푸리고 다녔지요.

"준서야, 요즘 무슨 일이 있니?"

표정이 어두운 준서를 보고 부모님은 걱정하셨어요.

"아니요. 그냥 피곤해서요."

자기 방으로 들어온 준서는 책상에 앉았어요. 알림장을 펴 놓고 숙제를 확인하던 준서는 한숨을 푹 내쉬었어요. 음악 숙제가 쓰여 있었거든요. 수학 문제 풀기나 영어 단어 외우기는 학원에서도 많이 해 봐서 빨리 마칠 수 있지만, 음악 숙제는 달랐어요. 음악 숙제는 바로 리코더 연주 연습이었어요. 정해진 곡을 열 번 이상 연습하고 부모님께 확인 서명을 받아가야 했지요.

"아이참, 정말 귀찮네. 열 번을 언제 다 해."

준서는 얼른 숙제를 끝내 버리고 싶은 마음에 리코더 연습을 다 했다고 거짓말을 해 볼까도 생각했어요. 하지만 지난 음악 시간에 선생님께서는 연습을 해 오지 않은 친구들을 한눈에 알아보신 게 기억이 났지요.

'그래, 눈속임하는 것은 나쁜 거야.'

잠깐 동안의 나쁜 생각을 부끄러워하며 준서는 귀찮은 마음을 꾹 참고 리코더를 들고 일어섰어요. 부모님께 검사를 맡아야 하는 숙제였기에 알림장과 리코더, 악보를 들고 거실로 나갔어요.

"엄마, 아빠! 저 음악 숙제로 리코더 연주를 해야 하는데요. 이것 좀 봐 주세요."

준서는 얼른 숙제를 해치우겠다는 생각으로 리코더를 불기 시작했

어요. 빨리 끝내고 싶은 마음과는 달리 악보를 보는 법이나 손가락의 움직임이 익숙하지 않아 처음 한두 번은 이상한 소리가 나기도 했어요. 그렇지만 세 번째부터는 조금씩 신이 났지요. 손끝을 움직일 때마다 저마다 다른 예쁜 음이 퍼져 나오는 것이 신기하기도 하고 기분이 점점 좋아졌어요.

조금씩 여유가 생긴 준서는 발가락으로 하나, 둘, 셋, 넷 박자를 타기도 했어요. 그리고 마지막 열 번째 연습 때에는 처음부터 끝까지 한 음도 틀리지 않고 정확하게 연주를 해서 엄마, 아빠로부터 큰 박수를 받았어요.

"우아, 우리 준서 정말 잘한다! 네 덕분에 오늘 엄마, 아빠가 귀가 즐겁네?"

준서의 표정이 아주 밝아졌어요. 이렇게 신나는 기분은 오랜만에 느껴 보았지요.

"저 한 번 더 해 볼까요?"

선생님께서 시킨 숙제가 다 끝이 났는데도 준서는 나서서 한 번 더 해 보겠다고 했어요. 준서의 의욕적인 모습에 엄마, 아빠도 더 큰 박수로 환호해 주셨어요.

　리코더를 아름답게 연주하는 동안 준서는 마치 유명한 음악가가 된 것 같은 기분에 온몸이 짜릿해졌어요.

'와, 재미있다! 기분도 좋아지는 게 정말 신나.'

　조금 전까지만 해도 무표정하게 굳어 있던 준서의 얼굴에 음악이 주는 기쁨으로 환한 웃음이 피어올랐답니다.

　즐거운 취미 생활은 일상 속에 힘이 되지요. 열심히 공부하는 것도 중요하지만 즐길 수 있는 취미 생활을 찾는 것도 꼭 필요한 일이에요. 취미 생활 없이 그저 열심히 공부만 한다면 균형을 잃은 양팔 저울처럼 금세 지쳐 버리고 말 거예요.

　일상의 스트레스는 그때그때 풀어야 건강하고 활기차게 활동할 수 있어요. 그래서 사람들은 취미 생활을 통해 스트레스를 풀려고 노력해요. 사람마다 스트레스를 푸는 방법은 다양해요. 수영이나 달리기, 축구 같은 운동으로 푸는 사람도 있고, 재미있는 영화를 보며 푸는 사람도 있을 거예요. 또는 함께 어울려 놀거나 혼자 조용히 책 읽는 것을 즐기며 푸는 사람도 있어요. 이렇게 수많은 취미 활동 중에서 바로 음악을 빼놓을 수가 없지요.

음악이란 말에서 '악'은 '노래'를 뜻하지만, '즐기다'라는 뜻도 있어요. 글자 그대로 음악은 정말 즐길 거리가 풍부한 활동이라 할 수 있지요. 훌륭한 연주자나 내가 좋아하는 가수의 노래를 감상하는 것부터 피아노, 리코더, 기타, 바이올린 등 직접 악기를 배워 볼 수도 있으니까요.

아주 오랜 시간 동안 음악은 좋은 취미 활동으로 사랑받아 왔어요. 단순한 재미뿐만 아니라 기쁠 때나 슬플 때, 위로가 필요할 때나 지쳐 있을 때 모두 정서에 도움을 주기 때문이에요. 춤을 추고 싶은 마음이 들 정도로 흥이 나게 만들어 주기도 하고, 눈물을 터트리게 해서 마음속에 쌓여 있던 슬픔을 없애 버리기도 하지요.

좋은 음악을 들으면 화가 난 마음이 가라앉기도 하고, 기분 나빴던 일도 까맣게 잊어버릴 수 있어요. 바로 음악에는 사람의 감정을 조절하는 힘이 있기 때문이에요.

이러한 장점 때문에 음악은 취미 생활뿐 아니라 음악 활동을 이용한 치료에도 쓰이고 있어요. 전문가들의 의견에 따르면 음악은 사람을 기분 좋게 만들 뿐만 아니라 더 나아가 정신과 몸의 병까지 치료할 수 있다고 해요. 또 학습 부진이나 학습 장애가 있는 아이들을 위한 치료법으로도 음악이 쓰이고 있지요.

다른 사람과 조화롭게 어울리지 못하는 사람에게는 마음의 문을 열 수 있도록, 삶에 지친 사람에게는 다시 잘 해낼 수 있다는 용기와 힘을 주는 것이 바로 음악이 지닌 힘이에요.

음악을 좀 더 가까이해 보세요. 똑같이 반복되는 하루가 지겨워질 때, 슬프거나 화가 났을 때, 또는 공부가 잘되지 않아 스트레스 받을 때에도 음악은 큰 도움이 될 거예요. 좋은 음악을 찾아 듣는 것만으로도 평범한 일상 속에서 특별한 즐거움을 느낄 수 있어요. 언제 어디서든 즐길 수 있는 음악이라는 취미 생활로 하루하루를 신나게 보낼 수 있을 테니까요. 기분을 긍정적으로 바꾸어 주는 음악의 힘으로 더욱 활기차게 활동해 보세요.

PART 2

음악 공부,
이렇게 하세요

1

하루아침에
잘하고 싶어요

미정이는 처음 피아노 학원에 등록했을 때만 해도 피아니스트가

되겠다며 열심히 연습을 했어요. 학원뿐만이 아니라 집에서도 틈틈

이 연습을 하고 싶다며 엄마께 피아노를 사 달라고 조르기도 했지요.

하지만 미정이는 매일 똑같은 악보로 연습하는 것이 지루해졌어요.

"아, 지겨워. 정말 재미없다……."

피아노에 흥미를 잃은 미정이가 한숨을 내쉬며 말했어요.

유명한 음악가처럼 멋지고 어려운 곡을 연주하고 싶은데 선생님께서 맨날 쉽고 재미없는 곡만 연습시키셨거든요. 그래서 미정이는 어느새 선생님께서 내 주신 숙제를 점점 소홀히 하게 되었어요. 하지도 않은 연습을 다했다며 거짓말로 연습 공책에 동그라미를 그려 갔지요. 매일 똑같이 연습하는 것은 정말 지겹고 귀찮았으니까요.

"연습을 얼마나 열심히 했는지 어디 한번 볼까?"

선생님께서 연습실 문을 열고 들어오셨어요.

'어차피 지난주에도 연습했던 부분인데 연습했는지 안 했는지 티도 잘 안 날 거야.'

미정이는 선생님께 들키지 않을 자신이 있었어요. 하지만 연주를 시작한 지 얼마 되지 않아 선생님께서 고개를 갸웃하더니 연주를 멈추게 하셨어요.

"미정아, 솔직하게 말해 보렴. 정말로 이 부분을 다섯 번 연습해 온 거 맞니?"

미정이는 우물쭈물하며 대답하지 못했어요. 선생님의 걱정스러운 말투를 듣고 있자니 더 큰 잘못을 지은 듯했어요. 핑계를 댈까도 생각했지만 결국 솔직하게 털어놓기로 했어요.

"아니요, 그게 사실은요……."

"괜찮아, 말해 보렴."

"연습을 안 했어요. 예쁘고 아름다운 연주곡이 많잖아요. 그걸 연주하고 싶어서 피아노를 배우는 건데 저는 맨날 손가락 훈련곡만 하고 있으니까 재미도 없고 힘들어서요."

미정이의 말을 듣고 선생님께서는 웃으며 고개를 끄덕이셨어요.

"선생님도 그 마음 알아. 하루빨리 잘하고 싶은데 쉽고 기본적인

것만 연습하니까 재미가 없어졌다는 거지?"

선생님께서는 이렇게 말씀하시면서 건반 위에 손을 올려 가장 높은음부터 낮은음까지 가볍게 건반을 훑어 내려갔어요. 그러자 별이 쏟아지는 듯 화려한 음이 연습실을 가득 울렸어요.

"미정이도 한 번 해 볼래?"

"네!"

미정이는 선생님을 따라 건반 위에서 오른손을 재빠르게 움직였어

요. 선생님만큼은 아니었지만 나쁘지 않은 소리였어요. 그러자 이번에는 선생님께서 미정이의 왼손을 건반 위에 올리셨어요.

"한 번 더 해 볼까?"

미정이는 왼손으로 한 번 더 똑같이 건반을 훑어 내리려 했어요. 그런데 참 이상한 일이었어요. 똑같은 음을 짚는 데에도 왼손으로는 소리조차 나지 않는 음이 많았어요. 괴상한 소리만 날 뿐이었지요.

"지금 네가 하고 있는 연습은 왼손에 힘을 기르기 위한 주법이야. 감상이 아닌 훈련을 위해 만들어진 곡이기 때문에 지루하고 재미없게 느껴질 수도 있어. 하지만 왼손을 오른손만큼 자유롭게 건반 위에서 움직일 수 없다면 어떤 곡도 아름답게 연주할 수 없단다."

미정이는 그제야 진도가 쉽게 나가지 못했던 이유를 알 것 같았어요. 평소 연습을 할 때에도 움직이기 쉬운 오른손으로만 연습했지, 왼손을 쓰려고 노력하지 않았거든요. 그래서 미정이의 왼손 힘이 약하다는 것을 아신 선생님께서 계속 같은 연습을 시키셨던 거예요.

"아, 연습을 게을리하지 말고 열심히 했으면 지금쯤 훨씬 더 잘했겠네요."

시무룩해진 미정이를 보며 선생님은 악보 첫머리를 손가락으로 가리키셨어요.

"지금부터도 늦지 않았어. 왼손을 더 열심히 움직인다는 느낌으로 다시 한 번 해 볼까?"

미정이는 선생님이 알려 주신 대로 손등을 둥그렇게 말고 바른 자세로 꾹꾹 건반을 눌러 연주를 시작했답니다.

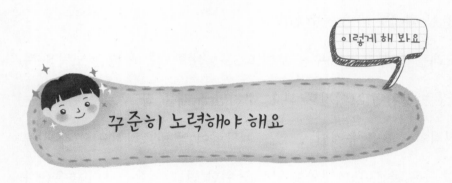

이렇게 해 봐요

꾸준히 노력해야 해요

옛 속담 중에 '감나무 밑에 누워서 홍시 떨어지기를 기다린다.'라는 말이 있어요. 노력을 하지 않고 좋은 결과부터 기대하는 사람들의 어리석음을 일깨워 주는 속담이지요. 어느 분야의 공부나 마찬가지겠지만 특히 음악 공부는 꾸준한 노력이 반드시 필요해요.

아무리 유명한 천재 음악가라고 해도 악기를 처음 배울 때에는 음을 정확히 내는 법, 악보를 읽는 법 등 기본기를 배우고 반복해서 연습해야 해요. 진짜 실력은 기본기에서부터 시작되기 때문이에요.

즉, 박자와 음의 높낮이를 기호로 표시한 악보를 읽는 법, 음계를 정확히 연주하는 법 등 기초를 알지 못하면 다음 단계로 나아갈 수 없어요. 피아노 연주뿐만이 아니라 다른 악기의 경우는 물론이고 노래 연습을 할 때에도 마찬가지예요.

노래를 잘 부르는 가수를 보면 타고난 실력 덕분에 많은 노력을 하지 않은 것처럼 보이기도 해요. 하지만 노래를 잘 부르기 위해서는 안정적인 호흡을 유지할 수 있는 폐활량이 꼭 필요하지요. 그래서 체력 훈련은 물론이고, 정확한 발성을 위한 연습, 낮은음부터 높은음까지 차례로 음정을 맞추어 보며 목을 푸는 과정을 매일 빠뜨리지 않고 연습해야 해요.

연주가도 반드시 반복해서 연습해야 해요. 클래식 기타의 본고장인 독일에서 각종 큰 상을 휩쓸고, '영혼의 기타리스트'라는 칭찬을

받고 있는 이건화라는 한국인 기타 연주가가 있어요. 이건화도 클래식 기타를 처음 배운 20세부터 10년이 넘게 하루도 기타를 손에서 놓지 않았다고 해요. 매일 5시간 이상 연습했다니 정말 대단한 노력가이지요?

무대 위에 오르는 짧은 시간을 위해, 음악가는 몇 배의 시간을 들여 연습을 게을리하지 않아요. 꾸준한 노력만이 아름다운 결실을 맺기 때문이지요. 물론 하루빨리 잘하고 싶은 마음이 들기도 할 거예요. 하지만 하루아침에 최고의 실력이 뚝딱 이루어질 수는 없어요.

그러니 오늘의 연습으로 내일 더 많이 배우고 크게 발전할 수 있다는 믿음을 잃지 마세요. 꾸준히 노력하다 보면 어느 날 자신의 실력이 눈에 띄게 높아진 것을 느낄 수 있을 테니까요.

2

악보 보는 법을
모르겠어요

승주는 음악 시간만 되면 자기도 모르게 바짝 긴장했어요.

"자, 오늘 준비물을 다들 잊지 않았죠?"

선생님께서 말씀하시자 모두 책상 위로 오늘의 준비물인 멜로디언

을 올려 두었어요. 물론 승주도 준비물을 잊지 않고 챙겨 왔지요. 승

주는 멜로디언의 건반 위에 하나씩 붙여 놓은 계이름 스티커를 읽으

며 작게 투덜거렸어요.

"도, 레, 미, 파, 솔, 라, 시, 도! 글자를 읽는 것은 하나도 어렵지 않

은데 악보는 왜 이렇게 복잡하고 어려운 거야."

사실 승주는 아직 악보 보는 법을 익히지 못했어요. 악보를 배우는 수업 시간에 제대로 집중하지 못했기 때문이에요. 다른 친구들은 악보를 보며 계이름도 술술 읽을 수 있게 되었는데, 승주는 악보만 보면 머릿속이 까매졌어요. 특히 오늘처럼 합주하는 시간이면 다른 친구들과 선생님 모르게 혼자 진땀을 흘려야 했지요.

'아무래도 우리 반에서 나만 악보를 볼 줄 모르는 것 같아.'

창피하지만 악보를 볼 줄 모른다는 사실은 승주 혼자 꽁꽁 숨기고 있는 비밀이었어요. 수업 시간에 선생님께 질문을 해 보려고 했지만

수업 진도에 너무 뒤처진 터라 주저하게 되었지요. 친구들이 알게 되면 왠지 '그것도 몰라?'라며 놀릴 것 같기도 했고요. 그래서 승주는 혼자 악보 보는 공부를 해 보려고 했지만 쉽지 않았어요. 어디서부터 어떻게 시작해야 할지도 모르겠고요. 악보 공부는 너무 어렵다고 느껴지니까 이제는 엄두도 나지 않게 되었지요.

하는 수 없이 승주는 최후의 수단을 선택했어요. 그것은 바로 멜로디언을 연주하는 척 시늉하는 것이었어요. 멜로디언은 건반에 연결된 호스를 입으로 후후 불지 않으면 소리가 나지 않으니까요.

"그럼 박자를 잘 맞추어서 시작할게요."

피아노를 연주하시는 선생님의 반주에 맞추어 연주가 시작되었어요. 반 친구들은 볼을 빵빵하게 부풀리면서 열심히 연주했어요. 하지만 승주는 그 사이에서 흘긋흘긋 눈치만 보고 있었지요. 호스를 입에 물고 바람은 불어넣지 않은 채 아무 건반이나 누르며 연주하는 흉내만 냈어요.

'대체 언제 끝나는 거야. 아직도 멀었나?'

연주는 끝날 듯 끝나지 않고 계속해서 이어졌어요. 악보를 볼 줄 모르는 승주는 혼자 바보가 된 것 같았어요. 멜로디언의 건반 위에서 멋지게 움직이는 짝꿍의 손가락을 부러운 눈길로 바라보며 승주는 어깨를 축 늘어뜨렸어요.

'선생님께서 악보 보는 법을 알려 주실 때 열심히 할걸.'

승주는 수업 시간에 악보 보는 법을 열심히 배우지 않은 것이 후회되었어요. 친구들이 4분음표, 8분음표, 16분음표와 같은 박자표나 계이름을 배우는 동안 '악보 공부가 무슨 쓸모가 있겠어.'라며 수업 시간 내내 딴청을 부렸거든요.

승주가 쭈뼛거리며 멜로디언을 연주하는 흉내만 내는 동안 교실 안에는 예쁜 음악 소리가 울려 퍼지고 있었어요.

'나는 언제까지 가짜 연주만 해야 하는 걸까? 악보 보는 건 정말이지 너무 어려워.'

마치 글자를 읽을 줄 모르는 바보가 된 것처럼 승주는 악보를 볼 줄 모르는 자신이 창피하게 느껴졌어요.

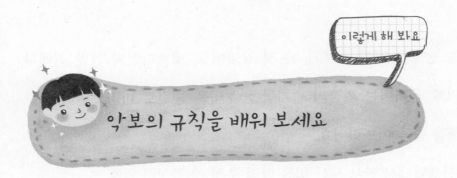

악보의 규칙을 배워 보세요

악보는 언제 만들어졌을까요? 음악의 역사가 아주 오래된 만큼이나 악보 또한 오래전부터 쓰여 왔어요. 연구에 따르면 고대 그리스시대부터 악보를 써 왔다고 해요. 현재 발견된 가장 오래된 악보는 기원전 2세기경 파피루스에 새겨진 에우리피데스의 《오레스테스》 합창곡이에요.

이렇게 오래전부터 악보가 쓰인 이유는 무엇일까요? 악보가 만들어진 이유를 알기 위해서는 음악을 뜻하는 뮤직(Music)이란 말을 먼저 살펴보아야 해요. 뮤직은 예술의 여신인 뮤즈(Muse)의 이름에서 따와 만들어졌어요.

그리스 시대의 전설에 따르면 음악은 예술의 여신인 뮤즈가 음악가들에게 영감을 불어넣어야 완성된다고 해요. 영감은 문득 떠오른 생각이나 느낌을 일컫는 말이에요.

즉, 음악은 갑자기 떠오른 생각으로 만들어지는 경우가 많았어요. 그래서 음악가는 떠오른 악상을 잊어버리기 전에 재빠르게 기록할 수 있는 법을 고민하기 시작했어요. 멜로디를 기록할 수 있는 몇 가지 규칙이 지금의 악보가 되었지요.

이러한 규칙 덕분에 몇백 년 전에 만들어진 노래도 지금까지 정확한 음과 박자로 전해져 내려오고 있는 거예요. 악보만 있다면 똑같이 연주할 수 있으니까요.

다시 말하면 악보는 하나의 약속이에요. 악보 속의 규칙대로 음의 높낮이와 음의 길이, 박자, 멜로디의 세기 등을 지켜서 연주해야 올바른 연주라고 할 수 있거든요. 특히 다른 사람과 함께 노래를 부르거나 합주를 할 때에는 반드시 악보의 규칙을 지켜야 예쁜 화음을 만들어 낼 수 있어요.

악보의 중요성을 알았다고 해도 막상 악보를 배우려면 막막하고 어렵게 느껴지기도 할 거예요. 그럴 때는 악보의 규칙을 하나씩 알아보며 차근차근 접근하는 것이 좋아요.

악보를 볼 때 가장 먼저 확인해야 하는 것은 앞부분에 있는 높은음
자리표(𝄞)예요. 높은음자리표에 맞는 기본 '도' 음을 찾은 다음 그것
을 기준으로 오선지 칸의 높낮이에 따라 계이름을 따져 보면 되지요.

도 레 미 파 솔 라 시 (도)

이와 같은 규칙에 따라 오선지 속의 계이름을 읽을 수 있어요. 음표
가 위치한 칸의 위치에 따라 음이 높아지거나 낮아지는 원리예요.

엄 마 – 야   누 – 나 야   강 변 살 – 자

계이름을 읽는 법에 따라 천천히 위의 악보를 읽어 보면 '미라솔
라/솔라미미/레미솔레/미'라는 멜로디가 완성되지요.

악보 보는 법이 익숙하지 않으면 계이름을 하나하나 읽는 것조차

헷갈리고 어렵게 느껴질 수 있어요. 하지만 악기를 연주하려면 가장 기본으로 알아 두어야 할 것이 멜로디를 읽는 법이니 점차 익숙해지도록 노력해 보세요.

계이름을 한 번에 읽기 어려우면 악보 밑에 글자로 적어 두고 입으로 따라 읽으면서 천천히 연습해 보는 것도 좋은 방법이에요. 처음에는 시간이 오래 걸려도 여러 번 연습하다 보면 어려운 멜로디도 척척 읽어 낼 수 있을 거예요.

계이름을 읽는 법이 익숙해진 다음에는 각 음의 길이인 박자에 맞추어 멜로디를 연주하는 법을 익혀 보세요. 악보 맨 앞부분에 표시되어 있는 박자표에 따라, 각 마디의 정해진 박자를 따라 연주하는 것이 중요해요. 그러기 위해서는 박자를 가리키는 음표의 모양을 외워 두어야 해요.

| 온음표 | 2분음표 | 4분음표 | 8분음표 | 16분음표 |

이러한 악보 속의 규칙을 하나씩 알아가는 재미를 느껴 보세요. 아무리 복잡하고 어려운 악보라 할지라도 차근차근 따라가다 보면 어느덧 가장 원곡에 충실한 연주가 완성될 테니까요. 악보의 규칙을 많이 알게 될수록 연주는 풍성하고 아름다워진답니다.

3

클래식은
어려워요

"무슨 이름이 이래?"

진우는 음악 교과서에 나오는 작곡가들의 이름을 보고 투덜거렸
어요. 제대로 발음하기 힘들 정도로 길고 어려운 데다가 이 사람들의
음악도 재미있지 않았어요. 아주 옛날부터 사랑받은 유명한 음악이
라고 하던데 도대체 왜 훌륭한 음악인지 이해할 수도 없었고요.

"오늘 들어 볼 곡은 베토벤이 작곡한 교향곡 제6번 〈전원 교향곡〉
이에요. 이 곡은 5악장으로 이루어졌는데 시골에서 느끼는 아름다운

자연의 풍경과 그 속에서 느끼는 행복을 표현했다고 해요. 같이 들어

볼까요?"

　조용해진 교실 안에 음악이 흘러나오기 시작했어요. 여러 악기가

다양한 소리를 내며 어우러지는 것을 듣고 있자니 진우는 금세 졸음이 쏟아졌어요. 어찌나 잠이 솔솔 오는지 무거운 눈꺼풀을 견디다 못해 책상에 엎드렸어요.

그때 짝꿍 혜지가 옆구리를 쿡 찌르며 눈치를 주었어요.

"수업 시간에 엎드려 자면 어떻게 해. 선생님이 방금 여기 쳐다보셨단 말이야."

혜지가 조용하게 속삭였어요.

"휴, 어제 잠도 충분히 잤는데 또 졸리네. 아무래도 저 음악 때문인 것 같아."

진우의 통통 부은 양 볼에서 불만스러움이 뚝뚝 묻어났어요. 그 우스운 표정에 혜지는 애써 숨을 죽여 웃었지요.

"잘 들어 봐. 가만히 듣고 있으니까 새가 막 지저귀는 것 같고, 시냇물이 졸졸 흐르는 소리도 들리는 것 같아."

"어디에 그런 소리가 들려?"

혜지의 재미있는 설명과는 달리 진우의 귀에는 그런 소리가 하나도 들리지 않았어요.

"아, 재미없다. 대체 언제 끝나는 거야?"

지루함을 견디지 못한 진우는 혜지에게 계속해서 말을 걸며 음악 감상을 방해했어요. 혜지가 조용히 하란 뜻으로 입술에 검지를 가져다 대는 것을 보고 나서야 입을 꾹 다물었지요. 그러고는 조용히 음악 감상을 하고 있는 친구들을 둘러보았어요.

'얘들은 졸리지도 않나?'

클래식 음악은 정말 길었어요. 진우가 몇 번이고 하품을 하고 나서야 음악이 끝났으니까요.

"자, 다 듣고 나니까 어떤 것 같아요? 자유롭게 곡에 대한 감상을 말해 볼까요?"

선생님이 가장 먼저 진우를 지목하셨어요. 우물쭈물하던 진우는 결국 솔직한 느낌을 말하기로 했어요.

"솔직히 저는 이 음악이 왜 좋은지 모르겠어요. 베토벤이 유명한 음악가라는 것은 알겠지만 이렇게 옛날 음악을 왜 들어야 하는지 이해가 잘 안 가요. 재미없잖아요."

진우의 솔직한 답변을 듣고 공감하는 친구들도 있었어요. 몇몇 친구는 진우처럼 음악이 너무 길고 지루해서 듣기 따분했다며 투덜거리기도 했어요. 선생님은 박수를 한 번 짝 소리 나게 친 다음에 말씀하셨어요.

"클래식, 즉 고전 음악은 요즘 유행하는 가요에 비하면 이해하기 어려울 수 있어요. 그렇지만 클래식을 배워야 하는 이유는 분명히 있어요. 클래식만의 고유한 가치가 있기 때문이에요."

"그게 뭔데요, 선생님?"

"방금 들은 것처럼 클래식 기악곡에는 대개 가사가 없어요. 그래서 듣는 사람의 상상력을 자극시키지요."

"가사가 없으면 무슨 내용의 노래인지 더 알기 힘들지 않아요?"

진우가 한 번 더 질문했어요.

"하얀 종이에 자유롭게 그림을 그려 나가는 것처럼 가사가 없는 클래식은 듣는 사람에 따라서 얼마든지 다르게 들릴 수 있어요. 그리고 집중해서 들으면 기존과는 다른, 새로운 해석을 할 수 있다는 점이 좋지요."

선생님의 말씀에 혜지가 고개를 끄덕였어요.

"그리고 하나 더! 클래식은 아주 오랜 역사를 지니고 있어요. 그 시대의 음악을 들으면서 각 시대와 나라의 문화를 더 많이 배울 수 있으니 좋은 공부가 되겠죠."

선생님의 설명을 듣고 진우는 클래식을 배워야 하는 이유를 알 수 있었어요. 그렇지만 여전히 클래식이 어렵게 느껴졌지요. 진우에게는 어떻게 하면 클래식을 쉽고 재미있게 즐길 수 있을지에 대한 새로운 고민이 생겼답니다.

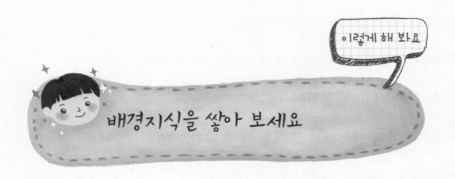

배경지식을 쌓아 보세요

이렇게 해 봐요

세상에는 많은 종류의 음악이 있어요. 각 나라별, 시대별로 형식이 달라지는 것은 물론이고 악기에 따라서 장르가 갈리기도 하지요. 이렇게 다양한 음악 속에서 사람들이 특히나 어렵게 생각하는 음악이 있어요. 바로 클래식, 즉 고전 음악이지요.

클래식을 이해하기 위해서 먼저 만들어지게 된 배경을 알아볼까요? 클래식이란 말은 로마 시대부터 처음 쓰이기 시작했어요. 로마 시대의 시민 계급은 모두 네 계급으로 나뉘었다고 해요. 귀족, 기사, 평민, 프롤레타리아 가운데 가장 높은 계급인 제1 계급 귀족을 클라시쿠스(classicus)라고 불렀어요. 클라시쿠스는 '일류'라는 뜻으로 당시 세금을 가장 많이 내던 부유한 계층을 일컫는 말이었어요. 클래식은 바로 이 클라시쿠스에서 나온 말이에요.

이처럼 부유한 사람들이 고급스럽게 즐기는 취미에서 시작된 클래식은 18세기 후반부터 19세기 초반까지 가장 활발하게 창작되었어요. 완벽한 조화와 균형, 뛰어난 완성도 등이 이 시대 음악의 특징이라고 할 수 있지요. 그 당시 권력을 쥐고 있던 엘리트들은 각 음이 조화를 이루는 규칙, 여러 악기가 주고받으며 이루어 내는 변화무쌍한 멜로디의 공식을 이해하고자 음악을 필수 과목으로 배워야 했어요.

이렇듯 클래식에는 그 시대의 특징과 문화, 역사가 담겨 있어요. 그렇기 때문에 클래식을 더 잘 이해하기 위해서는 음악에 쓰인 악기, 만들어진 시대, 음악가의 생애 같은 배경지식이 필요해요.

예를 들어 가장 유명한 클래식 음악가 가운데 한 사람인 베토벤의 곡을 들을 때에도 마찬가지예요. 독일에서 태어난 베토벤은 1795년에 피아노 연주가로 등장하게 되었어요. 차근차근 이름을 떨쳤지만 연주가 활동을 포기할 수밖에 없었어요. 원인을 알 수 없는 병으로 소리가 점점 들리지 않았기 때문이었지요. 이런 상황에서도 베토벤은 음악을 포기하지 않고 작곡에 몰두했어요.

베토벤은 귀가 잘 들리지 않아 음을 정확히 알 수 없는 한계를 이겨 내기 위해서 입에 막대기를 물고 음이 연주될 때마다 느껴지는 진동을 이용하기도 했지요. 거친 운명에 맞서서 싸우겠다는 강한 의지가 담긴 〈운명 교향곡〉이나 자연 속에서 희망을 발견하는 〈전원 교향곡〉 같은 곡도 이러한 노력으로 완성된 곡이에요.

또한 베토벤이 소리를 완전히 듣지 못하게 된 뒤에 작곡한 곡이라고 알려진 〈합창 교향곡〉은 최고의 교향곡이라는 칭찬이 아깝지 않을 정도로 뛰어난 곡이에요. 소리를 듣지 못하는 자신의 한계를 뛰

어넘어 완성된 작품은 듣는 사람들을 감탄하게 했지요. 이런 이유로 〈합창 교향곡〉은 '최후의 대작'이라는 이름까지 붙여지게 되었답니다.

이러한 배경지식을 알고 나면 음악이 새롭게 들리게 되지요. 지루하게만 들렸던 〈전원 교향곡〉에서도 자연 속에서 평화와 희망을 발견하고자 했던 베토벤의 마음을 발견할 수 있을 테니 말이에요.

어렵고 따분하다는 편견을 잠시 내려놓고 이제부터라도 클래식에 관심을 갖고 감상해 보세요. 음악가가 살아온 성장 과정, 당시의 문화, 시대적 상황과 같이 알고 있는 배경지식이 많으면 많을수록 음악이 더욱 풍요롭고 재미있게 느껴질 거예요.

4

국악은
재미없어요

선희는 평소에 음악 시간을 가장 좋아했어요. 악기 연주를 배우는 시간뿐만 아니라 음악 감상을 하는 시간도 무척이나 즐거웠어요. 다른 친구들은 지루하고 따분하다는 클래식도 가만히 듣고 있으면 기분이 좋았어요. 음악을 듣는 동안에는 재미있는 상상이 끊이지 않았거든요.

그런데 그토록 좋아하는 음악 시간이 되었는데도 선희는 불만 가득한 표정을 짓고 있어요. 이번 음악 시간에는 클래식이 아니라 국악을 배우기 때문이었지요.

"까강까강!"

"아이, 시끄러워!"

선희는 꽹과리 소리에 깜짝 놀라 귀를 틀어막았어요. 선생님께서 나누어 주신 꽹과리를 손에 든 아이들이 장난스럽게 마구 두드렸거든요. 그러자 금세 교실이 꽹과리 소리로 시끄러워지고 말았어요.

"자, 조용조용! 이제부터 사물놀이의 장단을 익혀 볼 거예요. 잘 듣고 한번 따라해 보세요."

선생님께서 휘모리장단, 자진모리장단, 굿거리장단 등의 차이를 설명하며 천천히 꽹과리 연주 시범을 보이셨어요. 하지만 설명에 맞추어 꽹과리를 열심히 두드리는 다른 친구들과는 달리 여전히 선희는 별로 흥미를 느끼지 못했지요. 사실 선희는 국악이 옛날 사람들이나 좋아하는 재미없는 음악이라고 생각했거든요. 그에 비해 서양 음악은 멋있게 느껴졌어요. 클래식을 들을 때면 화려한 파티에 초대받은 공주가 된 것 같았으니까요.

"치, 이건 우리 할머니랑 할아버지나 좋아할 만한 아주 옛날 음악이잖아."

투덜거리는 선희에게 짝꿍 은지가 말을 걸었어요.

"선희야, 다음 시간에는 장구도 배운대. 정말 재미있겠다. 그렇지?"

"장구? 그거야 대충 두드리면 소리가 나는 건데 뭐. 별로 재미없을 것 같은데."

"아니야, 분명 재미있을 거야! 장구도 배우고 꽹과리도 배워서 우리 반 친구들이 다 같이 연주하면 엄청 멋있을 것 같지 않아?"

기대에 찬 은지의 말에 선희는 입을 삐죽거리며 퉁명스럽게 대답했어요.

"국악이 뭐가 멋있어. 나는 멋진 옷을 차려입고 지휘자의 지휘에 맞추어서 클래식을 연주하는 오케스트라가 훨씬 더 멋있어 보이는데, 안 그래?"

선희는 처음으로 음악 시간이 빨리 끝났으면 좋겠다고 생각했어요. 듣기에 하나도 예쁘지 않고 시끄럽기만 한 꽹과리 소리가 너무 괴로웠거든요.

'국악을 대체 왜 배워야 하는 거야? 이렇게 시끄럽기만 한 옛날 음

악인데 말이야.'

　선희는 가운데가 움푹 찌그러진 꽹과
리를 불만스럽게 바라보고 있었어요.

　"자, 그럼 지금까지 배운 걸 진우가
대표로 한번 연주해 볼까?"

　"네!"

　그때였어요. 여태껏 들려오던
시끄러운 소리와는 다르게 뚜
렷하고 흥겨운 장단이 시작
되었어요. 한창 시끄러웠던
교실이 평소 조용한 성격의

진우가 꽹과리 연주를 하자 고요해졌어요. 꽹과리에 별 관심이 없던 선희까지 진우를 빤히 바라볼 정도였지요.

"와, 정말 신이 난다!"

누군가 진우의 꽹과리 연주에 맞추어 '얼쑤!' 하며 장단을 맞추기도 했어요. 박수와 함께 아이들의 웃음소리가 터져 나왔어요. 진우의 가락을 따라 아이들이 꽹과리를 두드리기 시작하자 더 신나는 음악이 완성되었어요.

'신기하다. 그냥 꽹과리를 두드려서 나는 소리인데도 어쩜 이렇게 신이 나지?'

선희는 조금 전까지만 해도 시끄러운 소리일 뿐이라고 생각했던 꽹과리 소리가 신나는 음악으로 변하는 것이 무척이나 신기했어요. 어느새 선희는 자신도 모르는 사이 발끝으로 박자를 맞추었어요. 국악의 고유한 가락이 주는 흥겨움에 선희는 처음으로 국악에 대한 흥미가 생겨났답니다.

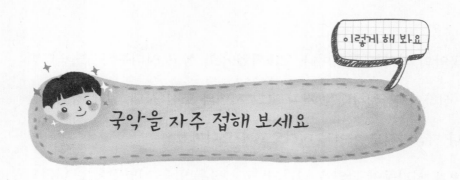

국악을 자주 접해 보세요

우리나라의 전통 음악을 가리키는 국악은 우리 민족과 오랜 역사를 함께 해 왔지만 현대에 이르러서는 오히려 낯선 음악이 되었어요. 주변에서 피아노, 바이올린, 첼로 등과 같이 서양 악기를 배우는 친구들은 많아도 가야금, 해금, 단소 등의 우리 전통 악기를 배우는 친구들은 흔치 않은 것만 보아도 알 수 있지요.

음악 감상을 할 때에도 서양 음악보다 국악을 접할 수 있는 기회가 많지 않아요. 하지만 잘 찾아보면 우리나라의 소중한 전통인 국악을 후세에 전달하고자 애쓰는 음악가가 많아요. 이들은 다양하고 재미있는 공연으로 국악에 대해 잘 모르는 사람들도 국악에 흥미를 가지도록 노력하고 있지요. 기회가 있을 때마다 국악을 더 자주 접한다면 서양의 클래식 못지않은 국악의 가치를 깨달을 수 있을 거예요.

국악의 역사는 무척이나 오래되었어요. 상고 시대부터 고구려, 백제, 신라의 삼국 시대를 거쳐 고려 시대와 조선 시대, 일제 강점기를 지나 지금까지도 이어져 내려오고 있으니까요.

오랜 시간동안 국악은 나라의 크고 작은 일을 기념했어요. 나라의 행사뿐 아니라 보통 사람들의 즐길 거리가 되어 주기도 하며 우리 전통 문화와 역사를 고스란히 담아내고 있지요.

국악에는 즐길 거리가 참 많아요. 화려하고 웅장한 제례악, 한 편의 재미있는 이야기가 담긴 판소리, 흥겨운 사물놀이, 지역별 특색이 담긴 민요 등 보고 듣는 재미가 풍부해요.

국악을 다양하게 접하고 싶다면 국립 국악원에서 선보이는 공연을 관람해 보세요. 국립 국악원에서는 우리의 전통 음악을 소개하는 자리를 자주 마련해 수준 높은 공연을 선보이고 있거든요. 특히 경복궁, 창덕궁, 덕수궁, 종묘 등에서 여는 고궁 음악회는 옛 임금 앞에서 공연되던 화려한 공연을 그대로 재현하고 있어요. 그래서 관람객뿐 아니라 외국 관광객들에게도 매우 칭찬받고 있어요.

자랑스러운 문화유산인 고궁에서 전통 음악을 즐기고 체험할 수 있는 기회는 무척이나 특별한 경험일 거예요. 더군다나 조선 시대의 역대 왕과 왕비의 위패를 모신 종묘에서는 제사 음악인 종묘 제례악 공연을 열어요. 종묘 제례악 공연에서는 제례악의 기원과 악기에 대한 설명 등 쉽고 재미있는 해설을 곁들여 쉽게 국악을 이해할 수 있도록 도와주지요. 종묘 제례악은 유네스코 세계 무형 유산으로 지정되기도 했어요.

왕에게 바치는 제사 음악인 종묘 제례악과는 또 다른 분위기의 국가 제례악 공연도 관람해 보세요. 국가 제례악이란 토지와 곡식의 신에게 올리는 제사에 쓰이던 음악을 말해요. 풍성한 한 해가 되기를 바라며 신에게 정성껏 바치는 음악인만큼 성스럽고 웅장한 매력을 느낄 수 있지요.

그뿐만 아니라 서양의 오페라와 견주어도 손색없는 판소리 공연도 즐겨 보세요. 옛이야기로 접했던 심청, 춘향, 흥부 등을 주인공으로 한 이야기가 흥겨운 추임새와 함께 술술 쏟아져 나오지요.

이렇듯 국악에는 우리만의 이야기, 문화, 정서가 담겨 있어요. 국악이 소중한 전통으로 일컬어지는 이유도 바로 여기에 있지요. 무관심

속에서 국악이 잊혀 간다면 그 속에 담긴 우리만의 문화 또한 사라지게 될 거예요.

국악은 수천 년 동안 우리 민족과 함께 해 온 문화유산이에요. 국악을 더 자주 접하면 자연스럽게 전통의 가치를 발견할 수 있어요. 소중한 우리 국악이 후세에도 오래 전해질 수 있도록 국악을 바로 알고 지켜 나가도록 다 함께 노력하기로 해요.

5

음악 감상은
지루해요

"너는 취미가 뭐야?"

학원에서 새로 사귄 친구인 지희의 질문에 영진이는 잠시 고개를 갸웃거리며 대답하지 못했어요.

"음, 글쎄? 침대에서 뒹굴뒹굴하기?"

영진이는 나름대로 고민을 한 끝에 진지하게 대답했어요. 그렇지만 지희는 영진이의 대답을 농담으로 알아듣고 깔깔거리며 웃었어요.

"하하하, 그런 거 말고 진짜 취미 말이야. 하고 있으면 재미있고 행복한 거."

지희의 말에 영진이는 더 깊은 고민에 빠졌어요. 무엇을 할 때 가장 재미있고 행복한지 아직 모르는 것 같았거든요.

"난 아직 내 취미가 어떤 건지 잘 모르겠어. 그러는 너는? 취미가 뭐야?"

영진이의 말에 지희는 기다렸다는 듯이 대답했어요.

"내 취미는 음악 감상이야. 나는 음악을 듣는 걸 정말 좋아해. 하루 종일 음악만 들으면서 살 수도 있어."

"정말이야? 음악을 듣는 게 그렇게 재미있어? 나는 별로 재미없던데."

영진이의 말에 오히려 지희는 깜짝 놀랐어요.

"음악을 듣는 게 왜 재미없어? 나는 음악을 듣고 있으면 시간 가는 줄 모르겠던데?"

지희와 헤어져 집으로 돌아온 영진이는 가만히 생각에 잠겼어요. 자랑할 만한 취미가 있다는 것은 정말 부러운 일 같았어요. 음악 감상이 취미라고 말하는 지희의 모습이 영진이의 눈에는 무척이나 멋있어 보였거든요. 그런 지희와 달리 영진이는 취미라고 자신있게 말할 만한 것이 없었어요.

'좋았어! 오늘부터 내 취미도 음악 감상이야.'

하지만 마음먹은 것과는 달리 영진이는 어떤 음악을 들어야 하는지부터 고민이었어요. 그래서 무작정 인터넷에서 '좋은 음악'이라는 말을 검색했지요. 그러자 지금 유행하는 가요나 팝송, 음악 시간에 얼핏 들었던 클래식, 피아노 연주곡 등 셀 수도 없이 많은 음악이 검색되었어요.

'무슨 노래가 이렇게나 많아?'

가만히 턱을 괴고 앉아서 들을 만한 음악을 찾아보던 영진이는 눈에 띄는 제목의 음악부터 듣기 시작했어요.

'음, 모차르트? 음악 시간에도 들어 본 이름이잖아?'

유명한 음악가의 음악이라면 당연히 좋은 음악이리라 생각되었지요. 영진이는 눈을 감고 모차르트의 음악을 감상하기 시작했어요. 하지만 음악에 집중할 수 있었던 것은 아주 잠시뿐이었어요. 채 1분도 되지 않아 지루해진 영진이는 곧바로 다음 곡을 들었어요. 그렇지만 다음 곡 또한 재미없게 느껴졌어요.

'이상하다. 지희는 음악을 들을 때 시간 가는 줄도 모르겠다던데, 나는 왜 오히려 시간이 느리게 가는 것 같지?'

바닥에 앉아서 음악을 듣는 자세가 문제인가 싶어서 영진이는 침대에 편하게 누워 가만히 눈을 감고 음악을 감상하려고 애썼어요. 하지만 이내 코까지 골며 잠들어 버리고 말았지요.

"영진아, 밥 먹어야지. 아직도 음악 감상하고 있니?"

한참 꿈나라를 여행하던 영진이는 저녁 준비를 마친 엄마께서 부르시는 소리를 듣고서야 화들짝 놀라 일어났어요. 시계를 보니 벌써 여섯 시가 훌쩍 지나 있었어요. 음악 감상을 할 거라며 엄마 앞에서 자신 있게 말했던 영진이의 얼굴은 잠들어 버린 탓에 퉁퉁 부어 있었지요.

'아이참, 대체 몇 시간이나 잔 거야.'

취미 생활을 하면 하루하루 신나고 재미있게 보낼 수 있다고 하던데, 영진이는 잠자는 시간만 늘어나서 더 게을러질 것 같았지요.

'아무래도 음악 감상은 나에게 맞는 취미가 아닌가 봐.'

영진이는 조금 전까지 듣던 음악도 잘 기억나지 않았어요. 딱 맞는 취미 생활을 찾는다는 것은 생각보다 어려운 일 같았답니다.

이렇게 해 봐요

다양한 음악 체험을 해 보세요

많은 사람이 음악 듣기를 취미로 즐긴다고 말해요. 영화 감상, 책 읽기만큼이나 주변에서 음악 감상을 좋아하는 사람이 많아요. 특별한 장소가 필요하지 않을뿐더러 원하는 시간이면 언제든 즐길 수 있어서 음악 감상은 자유롭고 편한 취미예요. 그뿐만 아니라 음악 감상은 스트레스를 풀어 주고 좋은 기분이 들도록 도와주기도 하지요.

하지만 처음부터 음악 감상이 마냥 쉽고 재미있게 느껴지지 않을 수 있어요. 어떤 음악을 들어야 할지 몰라 음악 감상이 오히려 갑갑하고 따분하게 느껴지기도 하고요. 음악에 흥미를 붙이고 즐길 수 있는 방법은 없을까요?

가만히 앉아서 음악을 듣는 것이 재미없다면 음악 영화를 보면서 음악을 즐기는 것도 좋은 방법이에요. 음악을 귀로만 듣는 것이 아니라 눈으로 영화를 보면서 느낄 수 있는 것이지요.

영화 속에 나오는 음악에 귀 기울여 본 적 있나요? 좋은 음악 한 곡은 어떤 멋진 대사보다도 더 큰 효과와 감동을 자아내기도 하지요. 이런 음악의 특성을 이용해 만든 뮤지컬 영화는 보는 재미와 듣는 재미를 함께 느낄 수 있어요.

뮤지컬 영화란 등장인물들의 노래와 춤을 중심으로 구성된 영화를 말해요. 아름다운 노래로 이야기를 표현하는 뮤지컬 영화는 영화를 보면서 한 편의 공연을 보는 것 같은 색다른 재미를 주지요.

《사운드 오브 뮤직》은 대표적인 뮤지컬 영화 중 하나예요. 아름다운 알프스 산맥을 배경으로 펼쳐지는 어린 7남매와 주인공 마리아의 합창곡은 지금까지도 큰 사랑을 받고 있어요. 특히 드넓은 풀밭을 뛰어다니며 함께 부르는 노래 〈도레미〉가 가장 유명해요.

가난한 탄광촌 출신의 어린 소년이 주위 사람들의 편견을 이겨 내고 발레리노를 꿈꾸는 영화 《빌리 엘리어트》 또한 훌륭한 작품이에요. 음악에 맞추어 팔다리를 쭉쭉 뻗으며 점프하는 주인공 빌리의 성장 과정은 큰 감동을 자아내요.

영화 속 음악은 감상하는 재미를 넘어서 악기 연주에 흥미를 느끼게 만들기도 해요. 특별한 재능을 가진 주인공의 놀라운 연주 실력이 감탄을 자아내는 《어거스트 러쉬》라는 영화를 보고 나서 기타에 관심을 가지게 된 사람도 많았지요.

영화로 음악을 감상하는 것보다 좀 더 활동적인 체험을 하고 싶다면 어린이 오페라나 뮤지컬, 발레 공연을 관람하는 것도 좋아요.

대표적인 공연으로는 교과서에도 나오는 차이콥스키의 《호두까기 인형》, 《백조의 호수》 등이 있어요. 클래식의 아름다운 선율을 몸으로 표현하는 무용수들의 화려한 몸짓과 풍성한 볼거리가 어우러지는 색다른 재미가 있지요. 가만히 앉아 들을 때에는 지루하게 느껴지던 클래식의 매력을 새롭게 느낄 수 있을 거예요.

이와 같이 음악이 어우러진 영화, 연극, 공연 등을 통한 음악 체험은 자연스럽게 음악을 즐길 수 있도록 도와주지요. 이러한 음악 체험으로 다양한 장르의 음악을 접해 본 다음 다시 한 번 음악을 조용히 감상해 보세요.

직접 관람한 공연이나 영화 속에서 마음에 드는 음악 장르, 또는 좋

아하는 가수가 생겼다면 그것을 중심으로 나만의 음악 감상 목록을
만들어 보는 것도 좋은 방법이에요. 좋아하는 음악이 하나둘씩 생겨
날수록 어느덧 음악 감상의 재미에 흠뻑 빠진 자신의 모습을 발견할
수 있을 거예요.

재능이 없는 것
같아요

승희는 요즘 고민이 생겼어요. 바로 장래 희망 때문이에요. 아직 장
래 희망을 정하지 못한 친구들과는 조금 다른 고민이지요. 승희는 지
금 배우고 있는 바이올린이 정말 재미있어서 바이올리니스트가 되고
싶다는 꿈을 키우게 되었어요. 하지만 아직 다른 사람들 앞에서 내
꿈은 음악가라고 떳떳하게 말할 만한 용기가 나지 않았어요.

'나는 아직 바이올린 연주를 잘하지도 못하니까.'

왠지 음악가가 꿈이라고 하면 남들을 깜짝 놀라게 할 만한 천재적인 실력이 있어야 할 것만 같았거든요. 유명한 음악가들을 보면 어린 나이부터 대단한 실력을 보여 세상 사람들에게 주목받은 경우가 많았으니까요.

승희는 바이올린 학원에서도 잘하는 편이 아니었어요. 선생님께서 가르쳐 주시는 대로 잘 따라하지 못하고, 다른 친구들보다 몇 번씩 연습을 더 하고 나서야 진도를 겨우 따라갈 수 있었거든요. 이렇다 보니 고민은 깊어질 수밖에 없었어요.

'나는 바이올린을 좋아하지만 재능이 없는 것 같아.'

학원에서 돌아오는 길에 승희는 한숨을 푹 내쉬었어요.

'단지 바이올린 켜는 걸 좋아한다고 해서 바이올리니스트가 될 수 있다는 보장도 없잖아.'

걱정은 꼬리에 꼬리를 물고 더 커졌어요. 그러다 보니 승희는 남몰래 품고 있던 바이올리니스트의 꿈을 접을까도 생각했지요.

학원에서 돌아온 승희가 어두운 표정에 축 처진 모습을 하고 있자 엄마가 걱정 어린 표정으로 다가오셨어요.

"왜, 어디 아프기라도 한 거니?"

"아니에요. 괜찮아요."

조용히 대답한 승희가 방으로 들어갔어요. 평소와는 다른 승희의 모습에 심상치 않음을 느낀 엄마는 승희를 뒤따라 들어와 이것저것 물으셨어요.

"학원에서 무슨 일이라도 있었던 거야?"

"그런 게 아니라 그냥 고민거리가 있어서요."

엄마의 다정한 눈빛에 승희는 자기도 모르게 눈물을 왈칵 터트리고 말았어요. 결국 승희는 엄마 품에 안겨서 엉엉 울며 마음속에 있던 고민을 털어놓았지요. 아무래도 바이올리니스트가 되고 싶다는 꿈을 포기해야 할 것 같다고 말이에요.

"엄마가 보기에 너는 지금도 충분히 잘하고 있어."

"하지만 저는 천재가 아니란 말이에요."

남몰래 걱정을 키워 온 만큼 승희의 눈물은 쉽게 그치지 않았어요. 엄마는 승희가 눈물을 멈출 때까지 기다려 주셨어요.

"엄마가 알기로 너는 바이올린 학원에 다니기 시작할 때부터 한 번도 지각이나 결석을 한 적이 없어. 그렇지?"

"네."

"그리고 선생님께서 내 주신 숙제도 거르지 않고 매일매일 연습을 하는 걸 엄마는 봤어."

엄마는 그동안 쭉 승희의 노력을 봐 왔다며 승희를 격려해 주셨어요.

"지금 당장은 조금 더딜지라도 네 노력은 반드시 좋은 결실을 가져 올 거야."

"정말이요?"

"당연하지. 끈기 있게 끝까지 노력할 수 있는 것도 큰 재능이기 때문이야."

"그럼 훌륭한 바이올리니스트가 될 수 있을까요?"

승희의 물음에 엄마가 활짝 웃으셨어요.

"물론이지. 그리고 엄마는 이미 이승희 바이올리니스트의 1호 팬인걸?"

엄마의 응원에 승희는 주먹이 불끈 쥐어질 정도로 큰 힘이 생겼어요. 이제부터는 더 열심히 노력해서 반드시 꿈을 이루어 보겠다고 다짐했답니다.

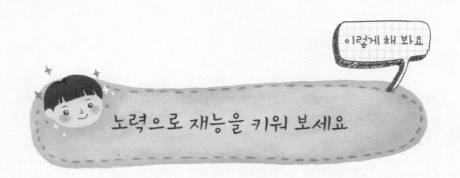

이렇게 해 봐요

노력으로 재능을 키워 보세요

　많은 음악가의 생애를 살펴보면 아주 어린 나이에 천재적인 실력을 보였다는 일화를 찾아볼 수 있어요. 천재 음악가로는 5세 때부터 작곡을 시작했다는 모차르트가 대표적이에요. 말을 채 떼기도 전에 본능적으로 음악을 익혔다는 놀라운 일화도 아주 유명하지요.

　하지만 반드시 타고난 재능이 주어져야 음악가가 될 수 있는 것은 아니에요. 타고난 재능이 아니라 노력으로 훌륭한 음악가가 된 사람도 있어요.

　이탈리아의 음악가 베르디는 다른 음악가들과 같은 천재적인 일화가 전해지지 않아요. 어려서부터 다른 사람들보다 음악에 관심이 조금 더 있었을 뿐 특별히 뛰어난 재능이 있던 것은 아니었어요. 부유한 집안에서 태어난 것도 아니다 보니 교회에서 오르간 연주를 듣고 배우며 조용히 꿈을 키워 나갔을 뿐이지요.

아버지 친구의 도움을 받게 되어 정식으로 음악을 배우게 된 베르디는 18세 때 이탈리아 밀라노에 있는 음악원의 입학시험에서 떨어져 크게 좌절하기도 했어요. 하지만 끝까지 포기하지 않았어요. 묵묵히 자신이 할 수 있는 노력을 다해 26세 때 최초의 가극《산 보니파치오의 백작 오베르토》를 작곡해 발표했지요.

하지만 베르디의 첫 작품은 그다지 주목받지 못했어요. 열심히 만든 음악이 사람들에게 관심을 받지 못해 여러 번 좌절한 베르디였지만, 결코 포기하지 않았어요. 더욱 열심히 음악을 만들어 발표하며 조금씩 자신의 이름을 알리기 시작했지요.

이런 베르디의 노력은 결국 큰 결실을 가져왔어요. 58세 때 발표한 오페라《아이다》는 그야말로 관객들의 폭발적인 열광을 받았으니까요. 그가 남긴 명작《아이다》는 지금까지도 세계 곳곳에서 공연되고 있어요.

베르디는 타고난 천재가 아니라 노력하는 음악가였어요. 자신의 작품이 마음에 들지 않으면 수십 번 고치고 또 고치는 것으로 유명했

던 성실한 끈기로 결국 훌륭한 음악가가 된 거예요.

음악 과목에 재미를 붙이게 되고 악기 연주를 배우다 보면, 누구나 한 번쯤 음악가를 꿈꾸기 마련이에요. 특히 한창 장래 희망에 대해 고민하게 되는 나이에는 많은 경험을 해 보면서 여러 가지 꿈을 키워 보는 것이 좋아요.

음악가가 되고 싶은데 금방 악기 연주 실력이 늘지 않거나 타고난 재능이 느껴지지 않는다고 해서 쉽게 포기하지 마세요. 노력으로 큰 결실을 맺은 베르디의 일화를 마음속 깊이 새겨 두고 말이에요.

남들보다 쉽고 빠르게 배우는 능력도 좋은 재능이지만, 한 가지에 몰두할 수 있는 집중력과 끝까지 노력할 수 있는 끈기야말로 가장 값진 재능이에요. 누구나 쉽게 마음먹을 수는 있지만 그 결심을 끝까지 실천하는 것은 결코 쉬운 일이 아니기 때문이지요.

성공한 사람들의 생활 습관을 분석해 보니 자신의 분야에서 최소한 만 시간을 투자했다고 해요. 남들이 보기에는 타고난 실력 덕분에 쉽게 성공한 것 같지만, 보이지 않는 곳에서 만 시간 동안 꾸준히 노력해 왔던 거예요. 그러니 음악가가 되고 싶지만 타고난 재능이 없다고 해서 쉽게 포기하지 마세요.

유명한 말 중에 '성공은 열심히 노력하며 기다리는 사람에게 찾아 온다.'라는 말이 있어요. 노력은 결코 배신하지 않아요. 하루하루 노력하다 보면 어느새 훌쩍 성장한 자신의 실력을 확인할 수 있고, 자신의 꿈에 한 걸음 다가가게 될 거예요.

엄마 아빠가 읽어요

경인교육대학교 음악교육과 황병훈 교수님의
〈창의력과 감성을 길러 주는 음악 공부법〉

1

• 음악 공부의 필요성을 알고, 흥미를 갖게 해 주세요

음악이 교육 수단으로 쓰이기 시작한 것은 고대 그리스 시대부터입니다. 당시에는 다양한 분야에서 부족함이 없는 사람으로 키우기 위해 몸과 마음의 조화를 돕는 극예술, 무용, 악기 연주 등과 같은 음악 교육이 발전했습니다. 음악 교육이 사회성을 길러 줄 뿐만 아니라 이성적인 판단력도 키워 주기 때문이었습니다.

음악 교육의 필요성이 널리 퍼지게 되자 엘리트를 키우기 위한 전문 음악원이 차례로 세워졌습니다. 역사가 깊은 대표적인 음악원으로는 이탈리아의 산타체칠리아 음악원, 파리 국립 고등 음악원인 콩세르바투아르 등을 꼽을 수 있습니다.

그 밖에 밀라노, 프라하, 빈, 런던 등 유럽 각지에 음악원이 세워지면서 음악 교육은 전문적인 틀을 갖추게 되었습니다. 그리고 이러한 전문 교육 기관에서의 교육으로 드뷔시, 생상스, 푸치니 등의 뛰어난 음악가들이 줄줄이 나오게 되었던 것입니다.

이처럼 근대 이전의 음악 교육이 전문 음악가를 키우기 위한 목적이었다면, 근대 이후의 음악 교육은 일반 교육에 초점을 맞추었습니다. 우리나라의 경우, 음악 과목이 필수 교과로 채택된 것은 1955년에 발표된 제1차 교육 과정에서부터입니다.

초등학교 과정에서 배우는 음악 공부는 자라나는 아이들의 정서를 건강하게 발달시키고 집중력을 기르는 데 큰 도움을 줍니다. 이는 초등학교 음악 교과의 목표인 '바람직한 음악의 체험을 통해 음악성을 계발하고 풍부한 정서와 창조성을 길러 조화로운 인격을 형성하게 한다.'라는 대목에서도 잘 드러나 있습니다.

앞서 살펴보았듯이 음악 공부로 얻을 수 있는 효과는 긴 역사 동안 검증되어 왔습니다. 창의력, 감수성, 집중력을 기르는 것은 물론이고, 자신의 실력 향상과 노력의 결과물을 몸소 느낄 수 있기 때문입니다. 특히 음악 공부로 노력의 결과물을 즐겁게 느낄 수 있게 된 아이는 다른 과목을 공부할 때에도 열린 마음과 긍정적인 자세로 학습에 임하게 됩니다. 그렇기 때문에 아이들이 음악 과목에 흥미를 느낄 수 있도록 도와주어야 하는 것입니다.

아이들이 흥미를 느낄 수 있는 재미있는 음악 체험으로 악기 연주를 추천합니다. 만약 악기를 배우는 것에 아이가 흥미를 보이지 않는다면, 음악 감상과 음악 프로그램 체험 등으로 간접 경험을 하게 해 주십시오. 그리고 간접 경험을 한 후 음악을 들으며 느꼈던 점을 아이와 함께 이야기를 나누어 주십시오. 이 또한 아이에게는 큰 도움이 될 것입니다.

아이가 현재 악기를 배우고 있다면 지금 느끼는 흥미가 지속될 수 있도록 관심을 기울여 주십시오. 악기 연주는 꾸준한 노력이 필요한 만큼 규칙적인 연습 시간과 적절한 연습량으로 아이가 연습을 게을리하지 않도록 도와주는 것이 중요합니다.

음악 과목은 아이가 쉽게 흥미를 느낄 수 있는 반면 흥미가 지속되기 어렵다는 단점이 있습니다. 따라서 스스로 음악 공부에 재미를 붙일 수 있도록 하는 것이 가장 중요합니다. 재미있고 하면 할수록 즐거운 것이 음악 공부라고 생각할 수 있도록 끊임없이 격려와 관심을 보여 주십시오.

아이가 음악 공부의 기쁨과 만족감을 느끼게 된다면, 음악은 아이의 잠재력과 창의력을 발달시켜 주고 건강한 자아 형성에 큰 도움을 줄 것입니다.

2

• 음악을 감상하는 올바른 태도를 알려 주세요

음악은 다른 과목과는 달리 무작정 학습해야 하는 과목이 아닙니다. 음악 교육의 목적은 아이들이 음악 활동에 스스로 적극 참여하게 만드는 것입니다. 그렇기 때문에 음악 공부에 앞서 좋은 음악을 감상해야 하는 이유와 음악 감상을 위한 올바른 태도를 지도해 주어야 합니다.

좋은 음악을 감상하는 이유는 그 속에 담긴 역사, 사회, 문화적 가치를 고루 배우기 위한 것입니다. 이렇게 배운 것은 주입식으로 이론을 공부하는 것보다 훨씬 더 재미있고, 오래 기억한다는 장점이 있습니다. 음악 교과서에 다양한 시대, 형식, 장르의 음악이 소개되어 있는 것도 같은 이유입니다.

다양한 음악으로 많은 것을 보고 배울 수 있으려면 먼저 올바른 음악 감상법으로 음악을 즐길 수 있어야 합니다. 올바른 음악 감상법을 익히려면 클래식을 듣는 것이 가장 좋습니다. 다양한 해석과 자유로운 감상을 할 수 있는 클래식은 좋은 음악 교재입니다. 그뿐만 아니라 클래식에는 균형과 안정감, 깊은 감동이 있어 교육 효과가 뛰어납니다.

또한 클래식은 규칙과 조화가 잘 짜인 체계를 갖추고 있어 사고력, 집중력, 분석력을 키우는 데 좋습니다. 이러한 장점에도 클래식은 어렵고 지루하다는 편견 때문에 아이들이 쉽게 즐기지 못하고 있습니다. 이럴 때 아이가 다양한 음악 감상법으로 자연스럽게 클래식과 가까워질 수 있도록 지도해 주십시오.

★ 올바른 음악 감상 지도법

◆ 스스로 감상할 수 있도록 음악에 따라 몸을 움직이거나 가사를 붙여 부르는 등 자신의 감각을 이용해 음악을 새로이 표현할 수 있도록 지도해 주십시오.

◆ 음악을 깊이 이해하고 오래 기억하기 위해 자신만의 감상을 기록할 수 있도록 해 주십시오. 음악 감상문 쓰기를 어려워하는 아이라면 흰 종이 위에 음악이 주는 느낌을 자유롭게 그려 볼 수 있도록 해 주십시오.

◆ 아이와 함께 음악을 감상하면서 음악에 쓰인 악기 소리를 맞추어 보도록 해 주십시오. 귀를 기울이며 각기 다른 악기를 구별하려고 노력하면서 집중력을 기를 수 있습니다. 또한 악기에 대한 이해도도 높아질 것입니다.

◆ 음악가의 생애와 곡에 얽힌 배경지식 등을 공부하게 해 주십시오. 이후 공부한 음악가의 여러 곡을 비교해 가며 들으면 작품 세계를 풍부하게 이해하는 데 도움이 됩니다.

위의 방법처럼 아이가 음악에 대해 스스로 상상하고 생생하게 감동을 느낄 수 있도록 지도해 주십시오. 아이가 올바른 음악 감상법으로 음악의 아름다움을 즐길 수 있게 된다면 삶의 질도 풍요로워질 것입니다.

3

● 아이와 함께 음악을 배워 보세요

아이의 교육 환경에서 가장 중요한 것은 부모님의 적극적인 동참입니다. 어린 시절의 음악 교육이 아이의 정서 발달에 큰 영향을 끼치기 때문에 어떤 경험보다도 부모님과 함께하는 체험이 가장 효과적인 방법입니다.

음악 교육의 중요성을 알려 주기에 앞서 부모님 스스로가 음악을 직접 체험하고 즐기는 모습을 보여 준다면 아이가 음악을 더 가깝게 느낄 수 있습니다. 가장 좋은 것은 가족이 고루 악기를 배워 가족 음악회를 열어 보는 것입니다. 거창한 음악이 아니더라도 좋습니다. 캐스터네츠, 탬버린, 리코더, 멜로디언, 장구, 단소 등 아이들이 학교에서 쉽게 접하며 배운 악기로도 충분히 즐겁고 아름다운 음악을 함께 연주할 수 있습니다.

여건상 악기를 배울 수 없거나 바쁜 일정 때문에 연습할 시간이 없다면 날짜를 정해 각종 단체에서 제공하는 음악 체험 교실을 찾는 것

도 좋은 방법입니다. 악기 박물관, 전통 음악 체험관 등 주위를 둘러

보면 온 가족이 음악을 체험할 수 있는 곳을 찾을 수 있습니다.

이처럼 생활 속에서 온 가족이 함께 음악을 즐길 수 있는 다양한

기회를 이용해 보십시오. 아이들에게 좋은 교육 체험이 될뿐만 아니

라 서로 대화 시간을 늘리고 가족에 대한 사랑을 두텁게 쌓을 수 있

을 것입니다.

★ 프라움 악기 박물관

경기도 남양주시에 있는 프라움 악기 박물관에서는 베토벤, 헨델,

바흐와 같은 유명 음악가의 생애를 한눈에 볼 수 있도록 각종 모형과

관련 자료를 잘 갖추고 있습니다. 또한 시대별 악기의 변천사도 정리

되어 있습니다.

이곳에서는 바이올린, 첼로, 피아노처럼 널리 알려진 악기뿐만 아

니라 평소 쉽게 접하지 못하는 낯선 악기도 다양하게 전시했습니다.

악기를 직접 연주해 볼 수 있는 체험관에서는 피아노, 트럼펫, 드럼, 핸드벨 등이 준비되어 있습니다. 그리고 음악 감상실에서는 유명한 오케스트라의 공연을 감상할 수 있습니다. 또한 음악의 역사, 악기의 특징 등을 상세히 알 수 있는 프로그램도 있습니다.

주소 : 경기도 남양주시 와부읍 경강로 756
관람 시간 : 평일 11:00~18:00
　　　　　　주말 / 공휴일 10:00~18:00
휴관일 : 매주 월요일, 1월 1일
관람료 : 일반(만 20세~만 65세) - 5,000원
　　　　　청소년 / 군인 - 4,000원 / 2,000원
　　　　　어린이(만 3세~초등학생) - 3,000원

★ 국립 국악 박물관

국립 국악원 내부에 위치한 국악 박물관에서는 우리 민족의 오랜 역사와 함께해 온 국악을 가까이에서 접할 수 있는 다양한 기회를 제공합니다.

국악을 낯설게 느낄 아이들을 위해 국악에 대해 설명해 주는 해설 로봇도 국악 박물관만의 특색입니다. 또한 국악의 역사와 우리 조상들의 옷차림, 생활상 등 당대의 문화를 엿볼 수 있으며 전통의 가치를 되새길 수 있습니다.

국립 국악 박물관 외에 국립 국악원 내에서는 민요와 판소리 공연을 다양하게 감상할 수도 있습니다.

그뿐만 아니라 가족 국악 강좌를 열어 장구와 전래 동요, 사물놀이, 가야금, 해금 등을 배워 볼 수 있습니다.

주소 : 서울특별시 서초구 남부순환로 2364 국립 국악원 내부에 위치

관람 시간 : 09:00~18:00

휴관일 : 매주 월요일, 1월 1일

관람료 : 무료(국립 국악원 내 체험 프로그램은 5,000원부터)

★ 영월 세계 민속 악기 박물관

약 100개국의 민속 악기 2,000여 점을 전시하고 있는 세계 민속 악기 박물관에서는 아시아, 인도, 아프리카, 아메리카, 유럽 등의 악기를 두루 관람할 수 있습니다.

이곳에서는 전 세계의 다양한 음악을 듣고 악기를 관람하면서 그 나라의 전통과 문화를 체험할 수 있습니다. 낯선 나라의 음악과 악기에 대한 설명뿐만 아니라 전통 의상, 그림, 인형 등이 고루 전시되어

있습니다.

쉽게 접할 수 없는 아프리카의 발라폰, 동남아시아의 안클룽, 호주의 디저리두, 유럽의 켈틱 하프까지 여러 악기를 직접 연주해 볼 수 있는 체험 공간도 있습니다.

주소 : 강원도 영월군 남면 연당로 880-9번지 세계 민속 악기 박물관
관람 시간 : 하절기(5월-10월) 10:00~18:00
　　　　　　　동절기(11월-4월) 10:00~17:00
휴관일 : 매주 월요일(정기휴무), 1월 1일, 설 연휴, 추석 연휴
관람료 : 일반 - 5,000원
　　　　　초 · 중 · 고등학생 - 4,000원
　　　　　유치원생 - 3,000원

4

• 음악을 여러 감각으로 체험하게 해 주세요

음악은 귀로만 듣는 것이 아니라 공감각이 발달하게 해 줍니다. 공감각이란 하나의 감각 기관에 자극을 주면 다른 감각 기관에도 전달되어 총체적으로 느끼게 되는 것을 말합니다. 다시 말해 음악을 듣고 어떤 장면을 상상하게 된다거나, 몸을 움직여 리듬을 타게 만드는 것 모두 공감각 체험이라고 할 수 있습니다. 특히 초등학교 음악 수업은 이러한 공감각 체험으로 아이들의 창의력과 표현력 등을 키우는 것을 목적으로 하고 있습니다.

독일의 음악가 바그너는 음악과 시, 춤이 어우러진 총체적 예술을 경험할 때 가장 큰 감동을 느낄 수 있다며 공감각 체험의 중요성을 강조했습니다. 총체적 예술 체험은 상상력과 감성을 발달시킬 수 있는 방법입니다. 아이들이 시청각이 어우러지는 무대 예술 체험을 통해 더 생생하게 음악을 느끼고 새로운 재미를 느낄 수 있도록 해 주십시오. 다양한 음악 체험으로 오감에서 감동을 느낄 수 있을 것입니다.

★ 몸으로 음악 듣기 : 음악 교육극 체험

음악 교육극은 교육을 뜻하는 에듀케이션(Education)과 오락을 뜻하는 엔터테인먼트(Entertainment)의 합성어로 만들어진 에듀테인먼트(Edutainment)의 하나입니다. 아이가 공연을 관람하면서 악기를 자연스럽게 체험하고 생생한 연주로 오감을 만족시킨다는 장점이 있습니다.

더불어 음악과 연극이 어우러진 공연을 보면서 함께 춤을 추며 즐길 수 있고, 클래식을 듣고 직접 악기를 배워 보는 등 쌍방 소통이 가능하다는 점이 음악 교육극의 가장 큰 재미입니다.

음악 교육극 관람은 음악에 흠뻑 빠져들 수 있는 좋은 기회가 될 것입니다.

★ 눈으로 음악 듣기 : 발레 공연 감상

다양한 발레 공연 중에서 아이들에게 친근한 것으로는 《호두까기 인형》이 있습니다. 유니버설 발레단과 국립 발레단에서는 겨울 시즌 공연으로 매년 《호두까기 인형》을 선보이고 있습니다.

차이콥스키의 《호두까기 인형》은 1892년에 러시아에서 처음 공연된 뒤 지금까지 전 세계에서 사랑받고 있는 작품입니다. 크리스마스 선물로 받은 호두까기 인형과 모험을 하게 되는 주인공 클라라의 이야기가 아름다운 무대 연출과 무용수들의 화려한 몸짓으로 펼쳐집니다. 음악을 몸으로 표현하는 무용수들의 연기를 관람하며, 아이가 새로운 표현력을 배울 수 있도록 해 주십시오.

★ 새롭게 듣기 : 전주 세계 소리 축제 맛보기

　매년 10월에 전주에서 열리는 축제로 우리나라 전통 음악인 판소리를 중심으로 세계 음악이 화합하고 소통하는 모습을 보여 줍니다. 그뿐만 아니라 세계적으로 유명한 아티스트의 공연을 관람할 수 있습니다.

　다양한 공연을 관람하며 마치 타임머신을 탄 듯 과거로 시간 여행을 떠날 수 있고, 전 세계를 자유롭게 여행하는 색다른 체험을 할 수 있습니다. 국악과 클래식이 어우러지는 공연을 보면서, 아이의 상상력을 풍부하게 자극시켜 주십시오.

5

- ## 다양한 음악 장르를 경험하게 해 주세요

　음악의 기원에 대해 오랫동안 연구해 왔지만 원시 시대의 자료가 충분하지 않아 음악이 언제 생겨났는지 정확히 추정할 수는 없습니다. 그럼에도 음악의 기원을 계속 연구하는 이유는 음악 속에 시대상이 담겨 있기 때문입니다.

　음악의 기원에 대한 설은 동물의 울음소리를 모방하면서, 언어를 발음하는 억양으로부터, 생활 속의 반복적인 리듬에서 등 여러 가지가 있는데, 이러한 학설의 공통 전제는 인류의 문화 속에서 음악이 자연스럽게 생겨나게 되었다는 것입니다. 그렇기 때문에 인류의 삶과 언어, 자연 풍경 등이 모두 음악 속에 담겨 있습니다. 그래서 음악을 공부하는 것은 인류의 역사, 문화 등을 이해하는 데 아주 중요한 역할을 합니다.

　현대에 이르러 음악은 수많은 장르로 갈라져 나오면서 각 장르만의 역사와 이야기를 가지게 되었습니다. 다양한 장르의 음악을 듣는

것만으로도 좋은 공부가 되는 만큼 아이에게 낯선 음악 장르도 경험

할 수 있도록 지도해 주는 것이 좋습니다.

클래식이나 국악을 살펴보면 오랜 역사를 거쳐 전해져 내려온 전

통 가치를 느낄 수 있습니다. 또한 재즈, 뉴에이지, 힙합 등 현대 음

악에서도 각 시대의 특성과 문화를 읽을 수 있습니다. 그러므로 전통

음악과 현대 음악, 다른 나라의 음악을 고루 들어 보는 경험이 중요

합니다.

각 음악 장르에 깃든 여러 문화를 경험하게 하려면 장르별로 이름

난 음반을 찾아 듣는 것이 도움이 됩니다. 하지만 초등학생이 처음부

터 클래식, 재즈, 힙합이나 다른 나라의 전통 음악을 듣는 것은 쉽지

않습니다.

음악을 가장 재미있게 접할 수 있는 방법으로 각 장르별 음악 영화

를 추천합니다. 특히 음악 영화를 추천하는 이유는 무대가 제한된 뮤

지컬, 연극 등과는 달리 당시의 시대 배경, 인물, 문화 등이 더 자세하게 재현되어 있기 때문입니다.

영화를 보고 해당 장르에 대한 관심이 생긴다면 음악가의 업적, 음악사 등을 설명해 주는 책을 찾아볼 수도 있을 것입니다. 또한 영화 속에 나오는 음악을 찾아 감상하기 시작하면서 천천히 자신만의 음악 줄기를 뻗어 나갈 수 있게 될 것입니다.

★ 영화를 통해 다양한 음악 맛보기

《아마데우스》

천재적 재능 뒤에 가려진 모차르트의 평탄치 않았던 삶을 그린 영화입니다. 모차르트의 곁에서 그를 평생 질투한 동료 음악가 살리에르에 대한 조명도 인상 깊습니다. 또한 모차르트의 마지막 작품이자 미완성으로 남은 역작《진혼곡》이 만들어진 배경을 알 수 있습니다.

- 관련 음반 : 모차르트 《진혼곡 D단조》

《부에나 비스타 노셜 클럽》

다소 낯선 장르인 쿠바 음악을 소개하는 영화입니다. 다양한 타악기와 기타가 이국적이며 쿠바 음악만의 독특한 매력이 있습니다. 정열적인 선율과 쿠바 현지의 모습이 어우러지며 실제 쿠바로 여행을 떠나온 듯한 기분을 느낄 수 있습니다.

- 관련 음반 : 부에나 비스타 소셜 클럽 O.S.T. 앨범

《피아노의 숲》

일본 애니메이션을 원작으로 한 영화입니다. 숲 속에 버려진 피아노를 유일하게 연주할 수 있는, 피아노에 천재적 소질을 가진 주인공 '카이'와 어렸을 때부터 꾸준히 피아노 레슨을 받으며 성장한 친구

'슈헤이'의 따뜻한 우정과 선의의 경쟁을 그렸습니다. 카이의 피아노 연주를 맡은 러시아의 천재 피아니스트 블라디미르 아슈케나지의 멋진 음악을 감상할 수 있습니다.

 – 관련 음반 : 블라디미르 아슈케나지의 쇼팽 연주 앨범

《원스》

거리의 음악가인 남자 주인공과 평범한 여자가 만나 아름답고 소박한 음악을 만들어 가는 과정을 그린 영화입니다. 화려한 악기 없이 기타와 목소리만으로도 감동적인 멜로디가 완성된다는 것을 알 수 있습니다.

 – 관련 음반 : Once O.S.T. 앨범

《환타지아 2000》

　베토벤, 거슈윈, 쇼스타코비치, 생상스 등 유명한 음악가들의 대표
곡과 이에 맞는 환상적인 이야기가 어우러진 뮤지컬 애니메이션 영
화입니다. 화려한 영상미와 풍부한 상상력을 자극하는 영화로 클래
식 음악의 새로운 매력을 느낄 수 있습니다.

　-관련 음반 : 거슈윈 《랩소디 인 블루》

6

• 음악 일기를 쓰게 해 주세요

음악을 감상하고 음악 공부 과정을 스스로 확인할 수 있는 방법으로 음악 일기 쓰기가 있습니다. 음악 일기 쓰기는 아이가 음악 공부에 대한 목표를 정하고, 자신의 성장 과정을 확인할 수 있다는 점에서도 좋은 교육 효과가 있습니다.

현재 악기를 배우고 있는 아이라면 연습 과정과 그것을 통해 느낀 점을 음악 일기에 적음으로써 스스로 정한 단계와 목표를 성취해 가는 기쁨을 느낄 수 있습니다.

악기를 배우고 있지 않은 아이에게도 음악 일기는 큰 도움이 됩니다. 음악 일기를 쓰면서 음악을 감상하는 올바른 방법을 스스로 깨달을 수 있고, 음악적 감성이 발달될 것입니다. 또한 음악을 들을 때 느꼈던 감성과 떠올랐던 장면 등을 자신만의 표현으로 적어 보면서 문장력과 창의력을 기를 수 있습니다.

한 권의 음악 일기가 완성되어 가는 것은 세상에 하나뿐인 나만의 악기 교본, 또는 음악 해설책이 생기는 것과 같습니다. 꾸준히 음악 일기를 쓸 수 있도록 아이에게 관심을 기울이고 재미를 붙일 수 있도록 격려해 주십시오.

★ 음악 일기 쓰는 법

◆ 음악을 감상하면서 느낀 점을 구체적이고 창의적으로 적을 수 있도록 지도해 주십시오. 일정한 형식을 정하지 않고 낙서하듯 그림을 그려도 좋습니다. 음악에 노랫말을 붙여 보는 등 나만의 감상문을 완성할 수 있도록 해 주십시오.

◆ 오늘 하루 감상한 음악의 제목과 음악가에 관한 짧은 조사 결과를 함께 적도록 하는 것도 도움이 됩니다. 이러한 과정을 거치면서 나만의 음악 목록, 가장 좋아하는 음악가의 순위를 매길 수 있게 될 것입니다.

◆ 악기를 배우고 있는 아이는 학습 진도에 관한 목표를 정해도 좋습니다. 주간, 월간 등의 세부 일정을 조언하고 목표에 매진할 수 있도록 해 주십시오.

★ 음악 일기 예시

20XX년 X월 X일

오늘은 모차르트의 대표곡 중 하나인 《마술 피리》를 감상했다. 음악을 듣기 전에 엄마와 함께 《마술 피리》의 줄거리를 찾아 읽어 보니 더 재미있었다. 《마술 피리》는 모차르트가 작곡한 오페라 곡 가운데 가장 유명한 곡으로 손꼽힌다.

밤의 여왕에게 부탁을 받은 왕자가 마술 피리를 들고 공주를 구하러 가게 된다. 어둡고 무서운 숲을 지나가는 왕자의 두려운 마음을 악기 소리에서 느낄 수 있었다. 웅장하게 소리가 울리는 부분에서는 끝까지 용기를 잃지 않은 왕자의 의젓함이 눈앞에 생생하게 그려지는 것 같았다.

정말 재미있는 것은 반전이었다. 왕자에게 공주를 구해 달라고 부탁했던 밤의 여왕은 알고 보니 공주를 위험에 빠뜨린 장본인이었다. 결국 왕자도 함정에 빠뜨리려고 음모를 꾸몄던 것이다. 밤의 여왕은 꼭 검은 뿔을 몰래 숨기고 다니는 고약한 마녀처럼 생겼을 것 같다.

다음에는 엄마, 아빠와 함께 《마술 피리》 공연을 보러 가기로 약속했다. 내가 상상했던 주인공들의 모습이 어떨지 벌써부터 기대된다.

인터넷에서 찾아보니 우리나라를 빛낸 자랑스러운 성악가 조수미가 부른 〈밤의 여왕 아리아〉도 아주 유명하다고 한다. 내일은 이 곡을 찾아 들어 보아야겠다.

7

근대 이전부터 음악은 올바른 시민을 교육시키기 위한 중요한 도구로 여겨졌습니다. 그중에서도 사회적 역할을 알게 하고 협동의 중요성을 깨닫게 하는 데 뛰어난 효과가 있었습니다. 음악 속에 사회의 약속과 규칙이 배어 있기 때문입니다.

또한 음악을 통해 협동과 인간관계의 중요성을 배울 수도 있습니다. 음과 음이 어우러지는 화음, 악기 간의 조화를 생각해 보아도 음악이 더불어 하는 장르라는 것을 알 수 있습니다.

그뿐만 아니라 음악 교육으로 각기 다른 음이 함께 어우러질 때 아름다운 멜로디가 만들어진다는 것을 배울 수 있습니다. 그리고 각기 다른 소리를 내는 악기가 하모니를 이루는 과정에서 조화의 아름다움을 체험할 수 있습니다.

조화로움을 최고의 가치로 여기는 음악 장르가 바로 합창입니다. 음악 교육 과정에 합창이 포함되는 이유는 목소리를 하나로 모아 노래하면서 협동을 배울 수 있기 때문입니다. 한 곡의 아름다운 합창곡이 만들어지려면 다른 사람과 음정, 박자, 셈여림 등을 맞추어 가며 도와야 합니다. 합창 연습 과정에서 다른 사람을 배려하고 나와 다른 의견을 조율해야 좋은 결과를 낼 수 있음을 배울 수 있습니다.

아이가 합창 연습 과정에 어려움을 느낀다면 내가 아닌 우리가 부르는 노래가 바로 합창곡이라는 것을 알려 주십시오. 주목받고 싶은 욕심에 독단적인 행동을 보이거나 연습 과정에서 무책임한 태도를 보인다면 나 하나의 행동이 공동체에 얼마나 큰 영향을 미치는지를 주의 깊게 설명해 주십시오.

이를 쉽게 이해하지 못한다면 합창 파트를 온 가족이 나누어 함께 해 보면서 각 파트의 중요성과 책임감, 협동에 대해 깨닫게 해 주면 좋습니다.

★ 올바른 합창 지도법

'무엇'을 하고 있는지 알려 주세요

합창의 의미를 설명해 주십시오. 혼자 하는 것이 아니라 여러 명이 함께 불러야 아름다워지는 합창의 가치를 깨달을 수 있도록 지도하는 것이 중요합니다. 음악을 통해 함께하는 기쁨, 풍성한 아름다움 등을 느낄 수 있도록 합창단의 공연을 찾아 들어 보는 것도 도움이 됩니다. 특히 빈 소년 합창단의 공연 실황이나 음반을 들어 보는 것을 추천합니다.

'어떻게' 하는지 이해시켜 주세요

합창 파트에 대한 설명을 해 주십시오. 소프라노, 메조소프라노, 알토, 테너, 베이스와 같은 파트 속에서 자신이 해야 할 일과 그 중요성을 알게 함으로써 아이들이 조화와 협조의 중요성을 깨닫게 해 주어야 합니다.

'다른' 목소리를 듣게 해 주세요

합창의 궁극적인 목적은 다른 사람과 어우러지는 것입니다. 내가 맡은 역할만큼이나 다른 사람의 역할도 중요하다는 것을 이해할 수 있도록 해 주십시오. 연습 과정에서 다른 사람의 목소리에 함께 맞추어 가면서 배려를 직접 실천할 수 있습니다.

음악 교육은 아이가 다른 사람과의 관계에서 자신의 감정을 이해하고 다른 사람에게 그 감정을 적절하게 표현할 수 있게 합니다. 또한 나와 다른 의견도 받아들일 수 있게 합니다. 바로 '소통'을 배울 수 있게 됩니다.

특히 음악 교육은 다른 사람에 대한 공감 능력을 높여 줍니다. 평소 음악을 들으며 음악이 표현하는 다양한 감정을 상상하고 공감각을 익힌 아이들은 다른 사람의 슬픔과 기쁨을 공감할 수 있고 소통할 수 있습니다.

음악 교육에서 '내가 잘할 수 있는 것'을 발견하는 것도 중요하지만 다른 사람의 장점을 알아볼 수 있는 것도 중요합니다. 음악을 통해 아이가 서로 마음과 힘을 합하는 협동을 배우고 실천할 수 있도록 해 주십시오.